Nina,
adesso sai dove potrai
sempre trovarmi.

AltriMondi Leggere, viaggiare, immaginare

ALCUNE STRADE PER CUBA

Testi: Alessandro Zarlatti

Progetto grafico e impaginazione: Ouverture Service

OUVERTURE EDIZIONI
Via Fermi 3, Loc. La Botte
58020 Scarlino (GR)
Tel: 0566 2301 - Fax: 0566 230200
Web: www. ouverturedizioni. it
E-mail: info@ouverturedizioni. it

STAGIONI

Rum liscio invecchiato

Ogni tanto bisogna bere un rum liscio. Senza ghiaccio.

Non succede spesso ma qualche volta è necessario. C'è chi beve il rum bianco, quello non invecchiato, ma mi sembra davvero troppo. Rum liscio invecchiato. Per sentire un sapore solo. Per illudersi di cercare un sapore e non un angolo buio. Per illudersi che esistano colori netti e codificati da passare in rassegna uno alla volta.

Padroneggiare quel caos che è là fuori. Per un attimo. Prima di confondere di nuovo tutto, dando un altro giro al caleidoscopio e vedere un altro universo.

Tu guardi in faccia il professore e con la coda dell'occhio quella tipa. Cerchi di capire se anche lei ti guarda e provi a fare interventi sensati, domande, per farti notare e per notare se quella messa in scena abbia un senso. Hai 42 anni ed è febbraio, e a febbraio non riesci ancora bene a capire perché da settembre frequenti quel corso di "Addestratore cinofilo" a Roma. Centoventi chilometri ogni domenica che sommati al ritorno sono 240 chilometri lungo i quali cerchi faticosamente di trovare il senso a tutto quello. Spesso lo trovi. A volte no. E allora accendi lo stereo della macchina e cerchi di non pensare troppo al senso delle cose. I tuoi compagni di classe hanno vent'anni meno di te e ti guardano come un extraterrestre che ha perso la strada. Una cosa così. E forse la strada l'hai persa davvero. Ma ti consoli perché tutti ti guardano così tranne lei. Lei ha circa trent'anni e frequenta il corso insieme al suo ragazzo. Ti guarda spesso e ti cerca. Tu capisci tutto perché, alla fine, non hai superato a caso i quarant'anni. Hai girato quella boa dei quaranta ed hai capito che il vento in poppa stava finendo. O forse no, stava cambiando. E in questa indecisione hai compreso che il vento in poppa era anche, soprattutto, una questione interiore. Un dire a se stessi le cose corrette, un dire al mondo le cose che devono essere dette, senza vergogna. Quaranta e l'illusione di perdere facoltà, piano piano, ma guadagnare una visione panoramica della vita. Piano piano. Un giorno dopo l'altro. Almeno essere in grado di capire gli occhi di una donna. E tu hai un bagaglio pesantissimo di un matrimonio decennale che ti aspetta a casa e le mille curve e le mille cicatrici di quella relazione, di quel giorno dopo giorno. E nel bagaglio c'è anche quella figlia di tre anni che stai provando ad amare ma che senza volerlo ti zavorra ad un'esistenza che senti stretta o forse soltanto ad un ruolo che ti fa paura. Vieni carico di un passato ma anche affamato di un futuro qualunque, di un futuro possibile. E senti che quel giorno, proprio quel giorno, in quella mattinata piovosa e fredda di febbraio a Roma, in quella assurda aula in cui ti sei cacciato inventandoti una strana passione per i cani, quel giorno quella fame diventa assoluta, malinconica, disperata. Una volta ancora quella sete di sentirti in vita, di sentirti attore nella sceneggiatura leggera di una donna misteriosa, di nuovo la vertigine della vita-nelle-tue-mani che ti prende totalmente e ti cattura i battiti e il cuore in quell'incrocio di sguardi, in quella catastrofe annunciata.

Finisce la lezione e tu rallenti il passo fingendo di rovistare nelle tue tasche. E lei ti raggiunge facendo finta che sia sempre il caso a farvi incrociare i passi come gli sguardi. E tu accendi un'altra sigaretta e gliene offri una come fosse chiunque altra. E lei la accende cercando la fiamma nella brezza leggera di Roma e le parole, e prima ancora i pensieri, per un discorso cominciato da prima nella sua testa. E allora ti invita per quella sera a bere qualcosa insieme agli altri. E allora tu fai un po' finta di pensarci su. Dai due o tre tiri di sigaretta e lanci lo sguardo nel vuoto. E allora lei, chissà come, riesce a incastrare fra le parole quelle che dicono che il suo ragazzo non ci sarà. Tu incassi senza sussulti ma dentro sussulti. E allora fumi ancora e sputi via una nuvola nel vento come fosse veleno o brutti pensieri da cacciare lontano. E allora cominci a processare rapidamente dati, scuse da dire a tua moglie, parole credibili, calcoli tempi ed energie, i mille tradimenti minuscoli che in quel solo istante si compiono senza far rumore. E dici va bene, che tornerai a casa a cambiarti ma che sarai di nuovo a Roma quella sera per stare con loro, che suona nelle tue labbra, in quello sbuffo di fumo, come uno stare-con-lei, ed era quello che volevi dire.

E accendi la macchina e senti un'energia che conosci e che non provavi da tempo. Una vertigine che rende per un attimo tutto leggero. E spingi sull'acceleratore e vai più veloce del solito. Vuoi liquidare rapidamente le tue scuse e le tue bugie per tornare dove tutto ti sembra abbia un senso e il sapore di cose vive. E allora alzi la musica che fa in tempo a coprire, un secondo prima, quella strana onda di risacca che ti stava invadendo. Qualcosa di profondamente vicino alla malinconia per il tempo che fugge, qualcosa di profondamente lontano dal senso di tutto quello.

Apri gli occhi prima che suoni la sveglia. Un po' i rumori del pasillo di prima mattina, un po' quella strana euforia da giorno prima di un esame. Ma non hai un esame. Ti prepari lentamente un caffè forte e ti lasci cullare senza opposizioni dalle note della musica del vicino. Hai 46 anni e non hai tempo da perdere dietro ai tuoi diritti ed ai doveri degli altri. Meglio non fare opposizioni e trovare il modo di cullarti sulla musica che il mondo ha scelto per te. Apri la porta alla vicina che ti ha sentito sveglio e ti propone della carne macinata a buon prezzo. Ci pensi un attimo ma poi no, non ti serve, e le offri un po' di caffè. Ti racconta che forse toglieranno la luce quella mattina al Vedado e tu le dici che non t'importa perché vai a Santa Fé a vedere tua figlia. La tua vicina sorride e sorseggia il caffè. Tu pensi alla bellezza dei sorrisi di questa città. Ti domanda se sei emozionato e tu rispondi che vorresti che tutto andasse bene e che sì, un po' di emozione ci sta.

È l'11 maggio e vivi a Cuba già da un anno. E in questi mesi hai assistito ad una girandola di cambiamenti come fosse passato un ciclone potente sulla tua vita. Eppure eri tu quel ciclone, in qualche modo, ed era ineluttabile perché veniva da un maltempo persistente e gravido di premesse. Era una resa dei conti costante che ha portato ogni equilibrio qualche metro più in là. Riprendi confidenza col tuo tempo: ti svegli con calma, scrivi, fai sport. E poi osservi la tua mente che costruisce scenari piacevoli per ore e subito dopo resta senza benzina e allora torna la malinconia a spazzare via tutto. E la malinconia è un animale strano. Viene e si impossessa di tutto, anche di quelle che fino a qualche minuto prima erano certezze. Ma da uno sguardo panoramico sembra tutto una ricostruzione dopo una brutta tempesta. Pensi a questo mentre ti vesti lentamente e cerchi di assaporare il piacere di scegliere una maglietta ed un paio di scarpe da indossare. Sono giorni di sole e di pioggia e questa alternanza ti strazia. Un sole senza pietà che lascia spazi brevi ad una pioggia battente. Poi torna ed alza un vapore asfissiante che ti lascia senza parole. Vivi a Vedado in un minuscolo appartamento che hai rimesso a nuovo. Hai portato con te centinaia di libri, il tuo stereo, due o tre mobili, scatoloni pieni di fogli, fotografie. Le fotografie cerchi di non guardarle. Non è ancora il momento. E cerchi di non ascoltare quella raccolta di canzoni che tuo fratello ti ha messo a tradimento nella borsa prima di prendere l'aereo. Ti ripeti ogni giorno che devi fare le cose giuste, quelle che servono, non quelle che servono a complicarti la vita. E allora sono già sufficienti quelle dosi di malinconia che le giornate ti portano, quei ricordi che si impongono senza preavviso su qualche scenario, quelle parole che tornano a rimbombare inaspettate come canzoni rimosse. Ti osservi allo specchio per una manciata di secondi. Ti scopri una bellezza stagionata, ti scopri una bellezza fatta di strati di passato, rughe ed occhi che hanno riso e pianto. Ti piaci così e ti guardi negli occhi sapendo di poter guardare con rispetto quella faccia che hai di fronte. Sei pronto. Cerchi di ricordare il nome della festa alla quale stai andando ma quel nome non viene fuori dalla memoria. Passano gli anni e dimentichi spesso le cose. Cerchi di non dare importanza a questi indizi di vecchiaia - così devi chiamarli: indizi di vecchiaia - eppure ci sono e reclamano una loro attenzione. E allora mandi un sms a tua figlia e le scrivi: "Amore mio, sto arrivando... ti amo tanto. Come si chiama la festa di Santa Fè?". Arrivi a piedi lentamente davanti all'hotel Colina e ti accorgi di essere un bagno di sudore. Hai con te un fazzoletto e ti asciughi la fronte. Mentre lo stai facendo ti guardi intorno alla ricerca di un taxi. Senti il suono del tuo cellulare e leggi il messaggio di tua figlia: "Papà stiamo alla scuola preparando i vestiti. Vieni qui. La festa si chiama Las Romerillas. Ti amo". Sorridi. Da quando non vivete più insieme vi mandate messaggi da innamorati. Ed ogni volta ti accorgi che potresti piangere e non lo fai solo per un pelo, perché c'è gente, perché sei un uomo. Arrivi davanti al cinema Yara e fermi proprio all'ultimo un almendròn che è diretto al paradero di Playa. Ti sistemi nel sedile posteriore insieme ad altre due donne che parlano a voce bassa e hanno detto "buongiorno" quando sono entrate. Ti piace stare negli almendròn. Ti piace inspiegabilmente questo stare gomito a gomito con altri esseri umani, sentirli respirare accanto, osservare il loro bagaglio. È una specie di metafora della vita. Ti piace guardare L'avana attraverso le lenti di quei vetri opachi accompagnando quello scenario meraviglioso con una colonna sonora casuale, quella che ha scelto quel conducente, quel giorno. Ogni musica va bene. Ricordi che giorni prima, in un altro almendròn, una donna aveva offerto cioccolata a tutti i presenti. Così, per la gioia ed il rispetto e per essere, tutto sommato, esemplari della stessa specie. Così, semplicemente. Ricordi di aver pensato che amavi davvero quella gente e quel paese e che certi atti minuscoli erano, in realtà, quelli che avrebbero salvato il mondo.

Arrivi al paradero di Playa quando il sole ha deciso di prendersi totalmente la scena. Saluti con un cenno le due donne e alzi la mano per fermare macchine che vadano a Santa Fè. Ti sembra inspiegabile ma proprio in quel momento, in quel transito insignificante verso la casa della tua ex moglie e di tua figlia, si impone un pensiero sugli altri. Ti racconta di trovarti nel luogo esatto dove volevi stare. Nel centro del mondo, del tuo mondo, L'Avana, nella città tagliata sulla misura delle tue migliori emozioni e dei tuoi migliori sentimenti. Un ragazzo su una Cadillac ti fa salire. In dieci minuti sarai a Santa Fè. Guardi fuori e vedi qualcosa di molto simile ad un orizzonte.

Hai fatto la doccia, ti sei messo una maglietta scura che nel tuo specchio interiore ti toglie i chili di troppo e infili di nascosto nella tasca il profumo. Sei stanco. Ti senti addosso una giornata umida, quelle assurde sei ore di lezione, quei 240 chilometri di musica e pensieri. Ti senti addosso la sporcizia di quel bagaglio di mezze verità che hai scaricato dentro casa con poco garbo. Ti senti ancora addosso gli occhi di tua moglie e quella specie di pietà affogata nell'amore con cui ti ha ascoltato mettere in fila parole a caso, parole senza tenerezza. Sei stanco e per un momento pensi di frenare lì, in mezzo ad una strada che ti porta a Roma, in mezzo ad una strada che ti porta chissà dove, e di tornare indietro. Sciogliere in una sola decisione quel gomitolo di speranze costruite nel vento. Ma guardi fuori. Poi guardi dentro e decidi di credere alle parole della canzone che ti ha scelto in quel momento. Pensi che sia la vita, quella bestia lì, quella che ti aspetta a 120 chilometri di distanza. La tua traiettoria meritata, una vertigine ancora, un'emozione ancora, quella miseria di battiti che si possono rubare al vuoto. Allora riparti e alzi la musica per vedere se ce la fa a spaccarti i timpani e a mandare tutto in malora, quello che in malora non è già andato. E ti piace sentirti ancora, dopo tanti anni, esattamente compreso nelle parole di un cantante qualunque, pensare una volta ancora, come sempre, con tutto te stesso, che vorresti quella canzone lì, quelle parole, ad accompagnarti il giorno del tuo funerale fino a chissà dove. Fosse proprio oggi quel giorno, vorresti restare congelato in quelle parole e ti piace sentirti come milioni di altri. Semplice e innamorato.

Questo ti ripeti. Semplice e innamorato. Come fosse un modo per scoprirti alleggerito della tua colpa, vivo, diretto verso qualcosa. La stanchezza, poi, avvolge come una guaina sottile ogni riflessione che voglia andare un poco più in là di quel furore. Decidi di prendere qualche birra forte ed un caffè, ci vuole un caffè, e fumarci sopra due o tre sigarette. Pensi che sia un giorno in cui è sospeso fino all'indomani il tuo amor proprio. E allora butti giù la birra come fosse acqua e speri che come acqua possa lavare quella traccia di sporco che si è depositata nella risacca dei tuoi silenzi. Ma non ce la fa. Ti guardi dentro con brevi occhiate ma ti accorgi che non ce la fa. E allora butti giù una bottiglia ancora di birra. Perché manca poco a Roma e Roma fa paura. Fa paura come se al casello ci fosse un'anima dispettosa a ricordarti gli anni, gli impegni, gli occhi di tua figlia, le occasioni buttate credendo che il tempo fosse infinito, i tuoi chili di troppo, le tue illusioni svanite, la tua innocenza svanita, i tuoi fallimenti, la tua stanchezza di vedere ancora una donna, ancora una promessa, come chiave di tutto quello che non sai dire a parole. Paghi al casello e non trovi un senso a quella notte. Non trovi un senso a quella birra che poco a poco si sistema sulle tue ferite aperte e le addormenta. Non lo trovi ma credi che potrebbe essere centinai di metri più avanti, qualche chilometro forse, nelle promesse di quegli occhi che sembravano unici e soli, soltanto poche ore prima. Non hai tempo di ascoltare le ragioni della stanchezza e allora ascolti di nuovo quella canzone che sembra così vera quel giorno, quella notte, in quell'istante dell'universo. Arrivi all'appuntamento in tempo ma come abitando, dentro, un passato invincibile che ti taglia il respiro e ti mozza i sogni. Scendi dalla macchina che quasi barcolli. Sistemi la camicia e i capelli. Senti la tua faccia cedere alla stanchezza ma non è il giorno di starla a sentire. Ti imponi quattro smorfie tra le guance e gli occhi e pensi a cose minuscole: al tuo profilo migliore, al tuo tono di voce spiritoso, a quelle occhiate di traverso che credi irresistibili e vere, al tuo rossore ed alla tua vergogna verso la vita. Entri nel ristorante e ti imponi un sorriso senza cuore. Raggiungi il tavolo e la vedi. Qualcosa in te s'illumina come un rigurgito inatteso dell'adolescenza, come davvero qualcosa in te creda che sia nelle mani di una donna, di una donna qualunque, la soluzione del tuo personalissimo rompicapo.

Arrivi alla scuola Sierra Maestra di Santa Fè con il piccolo fardello di un'emozione strana che stai conoscendo negli ultimi mesi: quella di sentirti un padre che inventa sorrisi di circostanza, che non guarda negli occhi le maestre, che preferisce tirare dritto per non dover spiegare. Il caldo feroce non impedisce a dozzine di bambini ed adolescenti di cavalcare quell'agitazione che li logora e li sfianca. I più piccoli trovano le energie per rincorrersi nelle spianate polverose del giardino, mentre i più grandi ripassano i movimenti e le sequenze con la serietà di ginnasti alle Olimpiadi. Osservi i vestiti colorati, blu, bianchi e rossi ed i capelli delle bambine raccolti con sapienza tutta femminile dalle maestre. Ti metti sotto l'ombra striminzita di una piccola palma e cerchi con gli occhi tua figlia. La vedi che si tiene per mano con le sue amiche del cuore ad una ventina di metri da te. Si sussurrano a bassa voce i segreti della loro età e tu la osservi senza chiamarla. Ti piace guardarla nel suo mondo così, prima che quell'onda di emozione di vederti la investa e la modifichi. Poi alza lo sguardo ed è soltanto una lunga corsa verso di te. Con lei hai imparato a non essere avaro di abbracci e di parole che possano arrivare al cuore. E quindi gliene dai a piene mani. Ha un fiocco sulla testa ed un'ombra di rimmel sugli occhi. È impercettibilmente diversa, più grande, dall'ultima volta che l'hai vista. Questo ti provoca sempre un piccolo dolore, ma sono le regole del gioco e dovrai farci l'abitudine, pensi. Senti che ancora sopravvive quella segreta complicità di sentirvi, mano nella mano, in esplorazione di un mondo misterioso e bizzarro. Ma forse, guardando meglio, senti di essere rimasto da solo in questa posizione di osservatore arretrato di un passo rispetto alla vita. Tua figlia è completamente immersa nel suo presente, a Cuba, in questa realtà, mentre tu sei un bagaglio pesante del tuo mondo che esplora un altro mondo. Senti Cuba dentro di te ma sai benissimo che non potrai mai smettere di essere tutto quello che ti porti dentro, sempre nel mezzo dell'oceano, fuori e dentro di te. Dopo qualche minuto arriva la tua ex moglie e come ogni volta senti il tuo e il suo sussulto. Vi date un bacio sulla guancia e vi dite un centinaio di cose senza parlare. Con le parole, invece, le commenti la bellezza di vostra figlia e vi si aprono sorrisi sul viso come fosse passato un dio invisibile a mettere a posto tutto quanto. Dopo qualche minuto l'intero gruppo di bambini, genitori e maestri si muove lentamente verso la avenida primera di Santa Fè. I bambini si emozionano e tu, boccheggiando dal caldo, non puoi fare altro che invidiare la loro energia e quelle emozioni. Cerchi di renderti utile portando qualche oggetto e bottiglie di acqua gelata. Tieni d'occhio tua figlia come fosse uno dei pezzi migliori di te, ma quello più fragile, che cerca la sua vita e la sua personale risposta a questo strano enigma dell'esistenza. E tu non puoi fare nulla al suo posto. Pensi proprio a questo. Proprio mentre cammini pensi di non aver nessuna eredità di risposte da consegnare a quella piccola donnina che corre. Hai la tua vita contraddittoria a raccontare la personale risposta all'angoscia di stare in vita che sei riuscito a formulare, risposta fatta di giri su te stesso, di tradimenti e sentimenti a cuore aperto, sincerità e miserie umane. Ma sei contento di sentire vivo, pulito e forte, in ogni goccia del tuo sangue, il desiderio che tutto le vada nel miglior modo possibile. Lo voglia dio o chi per lui. Poi conversi con quella donna che sa tutto di te e ti sembra dieci centimetri prima del burrone della follia questo parlare di cose che non sono più vostre. Deve essere così anche per lei ma vi sentite come personaggi di una sceneggiatura voluta da autori cinici ma onnipotenti. Ogni parola che pronunciate non è niente nella sua solitudine ma è una catena di passato, come tirare un filo nel mare e riportare in superficie un mondo sommerso. Giunti sulla strada ti sistemi nella zona in ombra di un portico fatiscente. Sorvegli un mucchio di oggetti e ti guardi intorno. I bambini saltano e si contorcono come animati da una nuova sferzata di energia. Tua figlia incrocia di tanto in tanto il tuo sguardo e ti sorride. È come se ti dicesse con una sola occhiata: "Scusa se non sto lì con te ma devo vivere, devo stare là dove mi porta tutto questo...". E tu è come se gli dicessi: "Non ti preoccupare, non farci caso a questo scemo qui che non sa morire". Quattro ragazzi emozionati cominciano a riempire il vuoto coi loro strumenti scordati. La gente comincia ad animarsi, alcune donne cominciano a ballare. I poliziotti cercano di imporre regole a cui neanche loro credono e alcuni tuoi coetanei guardano tutto questo con una malinconia che si potrebbe toccare. Guardi un po' più in alto di quella strada e noti uno spicchio di mare tra due lastre di cemento che recintano un giardino. Fissi un punto da qualche parte in quel blu e pensi che potrebbe essere quello il luogo esatto dove hai scelto di vivere. Tra una cosa e l'altra. Tra un mondo e l'altro. Irrimediabilmente solo.

Sei una manciata di battute. Sei una manciata di frasi dette e ridette. Bevi con un ritmo frenetico e sei tutto concentrato sulla tua interpretazione. Pensi tutto questo nei brevi istanti di lucidità, quando scema la conversazione e riprendi fiato. Poi torni ad essere un acceleratore a tavoletta. Non hai fame e ordini una pizza soltanto per avere un piatto di fronte. In realtà vuoi bere. Soltanto quello. Senti che, un sorso alla volta, si va levigando quello scalino interiore tra la realtà ed i tuoi occhi che osservano la realtà. Stai bevendo tanto, non soltanto questa sera ma sempre. Bevi e fumi. E sono due abitudini a cui hai imparato a non dare giudizi eppure si sono trasformate in un paio di stampelle con cui ti sostieni. Bevi per stare al mondo e fumi appoggiandoti ad ogni sigaretta come ad una maniglia d'emergenza in un treno in fiamme. Ma hai il sospetto di questi pensieri soltanto per rapidi segmenti di coscienza. Per il resto produci battute e sguardi di intesa con lei, sguardi che l'alcol rende furenti. La tua età ti mette al centro. Lo senti: ogni discorso passa per te; ogni argomento si dichiara concluso soltanto dopo la tua benedizione. È così. Confondono quella che tu chiameresti disperazione con un'indeterminata spericolatezza. E allora quella disinvoltura con cui prendi per i capelli e getti in un angolo la vita, la morte, il futuro, le relazioni, il destino, suona a tutti loro come una musica nuovissima, una specie di saggezza. Tu sai benissimo di cosa stai parlando. Stai agitando fantasmi senza vita, quelli che un tempo erano angeli nella tua testa e ti davano un senso. Vent'anni prima, forse, alla loro età. Il segreto della successiva eutanasia non glielo racconti. Ma senti che tutto è lecito. Questa sera più di ogni altra sera al mondo. Senti di essere ad una specie di resa dei conti ma non hai portato con te libri contabili da esibire al padrone se non il tuo pilota automatico e la tua stanchezza. Sei stanchissimo. Senti i tuoi occhi che cercano di obbedire alla forza di gravità ed una volontà di granito che si ostina a tenerli vivi. E poi l'alcol che moltiplica tutto quanto, come un handicap ad un cavallo perdente. Cerchi lei. Sperando che sia una soluzione al tuo sonno, alla tua simulazione di te stesso, che ti dia una spiegazione credibile dei quarant'anni, di quel progetto luminoso che naufraga giorno dopo giorno, quel progetto che eri tu stesso. Sfiori la sua mano sotto al tavolo e dopo pochi istanti la sua gamba che freme e rimani inchiodato in quell'emozione che vi avvolge. Senti un cuore all'altezza del petto ed il ricordo di qualcosa di intatto lontano nel tempo. Si parla di qualcosa ma ormai da molti minuti ti soffermi sulle carezze leggere che vi state dando col dorso della mano. Ti sembra incredibile che quelle premesse rabbiose e tuonanti volessero detonare in un gesto così minuscolo, in quelle carezze silenziose date di nascosto sotto ad un tavolo. Continui a bere fino a notte tarda e a godere di quel frammento di intimità che vi siete concessi. Poi, inspiegabilmente, senti come se qualcosa decretasse la fine dentro di te. Una specie di fischio conclusivo, una voglia di tornare a casa. La fine della serata ovviamente, ma più in generale una misura colma ed una pazienza finita. Le provi a dare un appuntamento a chissà quando ma senza convinzione. A te stesso lo dai in macchina al riparo da tutto. In fuga da tutto. In cerca di tutto. Accendi lo stereo e cerchi di bombardare i tuoi pensieri disorientati con una tessitura verosimile ed un tracciato pensato da altri. Ti affidi al mondo. Ti affidi a quella parte ragionevole e accorta di te che ti toglie dai guai, che ti riporta a casa, che conosce la strada, che sembra sapere qualcosa di più sul tuo senso nel mondo. Sembra saperlo ma non ha mai trovato le parole per cominciarti a parlare.

Non conosci l'alfabeto per decifrare il ballo. Non l'hai mai conosciuto. Hai fatto sempre congetture e razionalizzazioni ma quella danza della carne non ti ha mai attraversato. Vieni da un altro mondo e te ne accorgi in modo doloroso proprio quando osservi quelle ragazze che si immergono nel gusto del proprio corpo e sono altrove. Azzardi interpretazioni dei loro movimenti, dici "sfrontatezza", ora "seduzione", ora "forza", ma sono parole, sono concetti. Te la prendi con te stesso per questa mania di tradurre tutto in parole. Ma è una lezione vecchia e digerita quella che ti diceva che le parole non sono le cose. Ma sono un rifugio, un luogo appartato per ruminare le cose dove tutto fa meno male. Tu e la tua perversione delle parole. Quelle con cui ti costruisci un letto morbido ed incantato, ed un secondo dopo le fiamme del peggiore inferno. Traduci a parole ed hai il sospetto che il ballo racconti una storia ad altri livelli dell'essere. Forse una storia elementare ma che provoca una soddisfazione ancestrale. Sei di un altro mondo. Nel tuo codice datato si ballava un lento come premessa ad un tentativo di bacio, si ballava un rock senza serietà, magari per far passare il tempo, confondendo le acque. Pensi a questo mentre guardi le prime squadre che passano in rassegna davanti alla tribuna d'onore ricavata sotto ai portici sfigurati dalla salsedine. Ti identifichi nelle facce arrossate ed emozionate di chi balla ed automaticamente torni a quarant'anni prima per qualche saggio ginnico in qualche palestra lontana nei ricordi, alla periferia di Roma. Guardi la tua ex moglie e la vedi rapita ad osservare ora i passi di Conga ora questa o quella coreografia. Sentenzia senza replica: "Quella balla bene", e sei dolcemente sorpreso dal suo rapimento. Esistesse un lavoro di talent scout per ballerini in erba, lei sarebbe la migliore. Lo pensi e la prendi un po' in giro. Lei, prima ride, poi si ricompone come fosse passata nei suoi pensieri un'ombra che le intimava di non lasciarsi andare. Fate finta di niente ma siete emozionati. In lontananza si intuiscono i colori della squadra di tua figlia e qualche luogo nascosto di te prega che non sbagli un passo, che sia felice. Intorno è tutto un ammiccare, è tutto un sedurre di donne formose, uomini ubriachi; di ragazzette maliziose, adolescenti straziati dagli ormoni; di donne anziane, conquistatori sdentati. Ti lasci travolgere da tutta la sensualità che si respira per la strada. Una legge degli uomini in superficie ed una parallela legge animale da cui tutti sono guidati. Imputi tutto ciò a questo calore che fa esplodere i sensi o a questa nudità obbligata che richiama continuamente al presente. Si avvicina il plotone di tua figlia e la maestra si dà un gran da fare per ordinare quei bambini che schizzano da ogni parte. La prima fila è occupata dalle ragazze più grandi che con una sicurezza inaspettata cominciano a macinare passi memorizzati fin dentro le ossa. La tua testa prova a tradurre in parole qualcosa ma ti imponi di smetterla e di osservare. Cerchi di non perdere neanche un movimento di tua figlia e senti i battiti del tuo cuore seguirla come mani lunghissime e innamorate. Ti piacerebbe dirle di sorridere e di togliersi di dosso quella faccia preoccupata. Dirle che non c'è nulla che vi possa veramente togliere il sorriso in questa assurda barchetta in cui siete gettati. Per un attimo pensi che sarebbe l'unica eredità che sei capace di lasciarle. La non serietà. Vivere ogni situazione come fosse l'imitazione di qualcosa di vero. E scacciare ogni ombra, anche quelle che sembrano le più solide, con un sorriso. La osservi negli ultimi passi della sua rappresentazione mentre agita l'aro nel cielo ed accompagni ogni movimento con tutto te stesso. Finisce la musica e con un senso del tempo incredibile torna sull'attenti e poi sorride. Sorridi. Per la prima volta cerca fra mille facce le vostre facce. Le trova. Sorride di traverso timida ed emozionata. Le lanci un'occhiata che tradotta direbbe "Scusa, ho fatto il possibile, ma non ho mai smesso di amarti", ma le occhiate non si traducono. Si lanciano nell'aria e ti lasciano dentro un fiume rumoroso di malinconia.

Sono le quattro del mattino e sei nel tuo mondo, dentro l'abitacolo della tua macchina, con il riscaldamento acceso, a percorrere una volta ancora quell'insensato tragitto, quegli insensati 120 chilometri verso casa. Vorresti rimettere in ordine gli eventi di questa giornata ma i pensieri si comportano come bambini dispettosi e non vogliono mettersi in riga. Parti sempre dall'immagine di lei che ancora accende uno stanco sorriso dentro di te e poi tutto il resto si perde in un nebuloso orizzonte interiore. Vorresti che lei desse ruolo e rango a tutto il resto ma invece ogni altro oggetto sembra galleggiare pigramente nelle onde trascinato da una leggera corrente. Provi ad accendere una volta ancora lo stereo e a spingere forte sull'acceleratore ma non c'è nessun nemico a cui far perdere le tue tracce: attraversi una notte che la tua stanchezza fa diventare terrificante e desolata, poco altro. Deceleri. Contrai i muscoli della faccia sperando di ricacciare indietro il sonno come fosse una patina vischiosa che hai sul viso. Sembra tutto sfumato, anche quel furore, anche le bugie del pomeriggio, anche quel ballare sul filo del rasoio di un'intera vita messa in discussione in un istante, anche gli occhi di tua figlia e quegli scenari futuri che andavano creandosi e moltiplicandosi nella tua immaginazione come vibrioni mortali. Guidi. E scorre ai tuoi lati una strada gelida e in quella silenziosa voragine in cui ti sei cacciato un pensiero vale l'altro, stessa potenza, stessa puzza di chiuso e di inutile. Hai un male senza nome. Quello che ti porta a percorrere centinaia di chilometri agitandoti sotto agli occhi una felicità che perde colore se solo la insegui, quel male che sposta sempre in un inaccessibile altrove il tuo posto nel mondo, quel male a cui sai dare soltanto risposte disperate: bicchieri di alcol, sigarette, tradimenti, desideri ossessivi, ricordi. Passi il primo casello dell'autostrada e ti accorgi di faticare persino a muovere gli occhi. Metti a fuoco la linea bianca davanti a te e fai palleggiare il tuo sguardo tra quella linea intermittente sulla carreggiata e le luci azzurrine del cruscotto. Ti tieni sveglio. L'hai fatto mille volte e non sei mai crollato. Cerchi nella testa un pensiero che ti prenda l'attenzione anche solo per una manciata di attimi, il tempo sufficiente per attraversare indenne quell'onda di sonno. Passa. Come passa piano piano un'offensiva nemica di fronte ad una resistenza tenace. Vedi in lontananza gli occhi di tua figlia. Ti sembra di vederli oltre l'oscurità che hai di fronte. Occhi che, anche loro, sei riuscito a sacrificare sull'altare del tuo tempo che fugge, trasformandoli talvolta in ostacoli, altre volte in vocaboli strani di una lingua già morta. Senti una specie di pietà, una specie di vergogna che nasce in mezzo alla cenere del tuo orizzonte. È come se vedessi per un istante soltanto, in un'immagine sola, tutta la tua bruttezza e ne restassi sorpreso. Una luce lontana cerca di parlarti ma tu sei troppo stanco per ascoltarla, sempre più stanco. Ti addormenti.

Un rumore possente ti toglie da tutto. Sradica alla radice ogni racconto cominciato. Un boato nelle tue ossa. Apri gli occhi e vedi le luci della tua macchina che ondeggiano ed illuminano una strada impazzita. Sulla tua sinistra un ruggito di acciaio ed il tuo cuore, dentro, che si danna l'anima per tenerti in vita. Cerchi di seguire col volante un'oscillazione benigna di questa macchina impazzita. Ci riesci. Senti un fischio profondo degli pneumatici e subito dopo il cedimento di qualcosa. Controlli dagli specchietti e vedi scintille e buio e frammenti e rumore. Tocchi lievemente il freno con l'istinto di condurre un toro impazzito nel suo steccato senza violente imposizioni. Ti senti vigile e compi una serie di scelte felici. La macchina decelera poco prima di una curva, a poche centinaia di metri da un tunnel. I tuoi fari tornano calmi ed illuminano una piazzola d'emergenza sulla tua destra. Punti dritto quello spazio. Tiri il freno a mano. Ti fermi.

Scendi dalla macchina e fai una decina di passi cercando qualcosa oltre la strada. Hai la fronte imperlata di sudore e l'adrenalina che scorre nelle tue vene come un treno rumoroso. Fai una decina di respiri e chiudi gli occhi. Un ronzio terrificante percorre le tue orecchie e allora riapri gli occhi e guardi davanti a te. Formuli pensieri minimi. Ti sei salvato. Te lo ripeti. Salvato. Sillabi nella tua testa questa parola per farci amicizia. Quale dio poteva avere l'ottimismo di metterti una mano sulla testa e salvarti una volta ancora? Te lo domandi. Non trovi risposta. Ora che sei lontano da tutto. In mezzo a quella strada. In quella barca minuscola, in quel mare immenso, in quell'universo assurdo. Dove finisce qualcosa. Dove qualcosa, forse, ha il coraggio di tornare ad essere.

Torni lentamente verso la scuola di tua figlia. Terminata la sfilata si è sciolta l'ansia di tutti e quindi è più facile parlare di nulla. I bambini hanno sete e sono stanchi ma continuano comunque a correre e a formare traiettorie oblique lungo il ritorno. Le donne parlano di tecniche di ballo e del colore di certi vestiti. Gli uomini camminano lentamente facendo silenzio e fumando. Tu non fumi più da un po' ma il tuo silenzio ha il sapore delle parole che molto spesso non servono. Lo pensi davvero. Ami le parole ma molto spesso non servono. Sono miracoli a cui non si deve fare mai l'abitudine. Come gli antibiotici. Ti viene da ridere ma te lo ripeti come una verità. Tenere pronte le parole giuste per quando serviranno davvero. Per una grande malattia. La malattia della solitudine, ad esempio. E smetti di sorridere. Ti piace ascoltare il rumore dei tuoi passi quando ritorni verso una casa qualunque. Ti piace pensare a quelle sequenze di gesti conclusivi, definitivi e senza repliche che sembrano scandire la vita in capitoli, giornate, stagioni. Ti piace anche guardare tua figlia e quella che è stata la tua donna che si allontanano pochi passi davanti a te, con l'illusione di poterle raggiungerle con il cuore se vuoi, perché un cuore c'è ancora, e sa correre più del vento ce ne fosse bisogno.

Il sole ha lasciato spazio alle solite nuvole ed ora è la lotta dell'incertezza, l'adunata di tutte le premesse della pioggia che te la fanno sembrare probabile. Una strana stagione di mezzo questo maggio, e difficile anche. Una stagione che non puoi mai definire, che non è mai l'espressione di una faccia soltanto ma è ora un sorriso, ora il suo contrario, e dopo ancora due occhi che non sapresti descrivere. Stai imparando ad amare le stagioni così, le correnti contraddittorie della tua vita. Di quei ruoli che non riesci a tenere neanche fino al tramonto e delle aperture di cuore che metti in scena senza avvisare neanche te stesso. Dai un bacio sulla fronte a tua figlia e la fissi per un istante negli occhi. Vorresti fermarla un secondo ancora dentro di te come fosse un tramonto unico che non ritorna. Per un momento osservi i suoi occhi e si sovrappone un'immagine di alcuni anni prima quando esistevano soltanto i suoi occhi in un orizzonte buio, in una notte buia, quando finiva tutto. Oggi non sai ancora quale morte ti abbia raggiunto, o quale vita dopo un miracolo così immeritato. Cerchi di onorare questa assurda parabola in cui sei perché non hai scelta. Perché vedi allontanarsi due pezzi del tuo stesso cuore lungo la strada e senti fortissimi i morsi della distanza, che più la riempi di incontri e più diventa incolmabile. Vorresti dirglielo, gridarglielo dietro e svegliare ognuno di voi da questo incantesimo terrificante. Ma invece ti giri. Fai un respiro profondo. Cammini. Speri che L'avana ancora una volta ti dia la forza di percorrere quei venti metri davanti a te, che aspetti ancora qualche minuto per far cadere la pioggia, che ti lanci ancora una volta qualche canzone nell'aria a cui aggrapparti o un sorriso dolcissimo o le lacrime di un bambino e non ti faccia sentire per intero l'eco dei tuoi passi che da soli tornano verso la tua nuova casa.

AA04583782

Cuba Libre

C'è una storiella. Non so quanto sia vera ma è divertente. Sembra che il Cuba Libre sia un cocktail fortemente rivoluzionario. Sembra che il concetto originario sia stato quello di "ammazzare" la Coca-Cola Yankee con il rum cubano. Una buona idea tutto sommato. Oggi lo preparano con la Tù-Cola (di produzione cubana e nettamente migliore della prima) e lo vedo bere nelle discoteche dalle donnette da due soldi, per togliersi d'impaccio. Lo vedo durare ore nelle loro mani perché bere è un pretesto e bere troppo un pericolo. È il turista quello che deve bere. A loro basta far finta. Di bere e di parecchie altre cose. Col passare dei minuti il Cuba Libre perde la sua effervescenza, la sua temperatura, si disinnesca. Col passare degli anni è diventata una bevanda stupida. Come un grande libro a reggere la gamba di un tavolo o una frase storica nelle mani di un pubblicitario.

Quella notte Nicola entra al Rio Club più presto del solito. Ha un'ombra di sudore sulla pelle che gli lucida la faccia e che lui si asciuga di tanto in tanto con la manica della camicia. Paga alla cassa i soliti 10 dollari con una banconota da 5 e cinque da 1. È qui che comincia la storia di AA04583782. Per la verità solo un breve frammento della sua storia: la storia di una notte. E non è stato facile seguirla perché AA04583782 corre e semina chiunque.

AA04583782 è un simpatico peso convertible del 2010. Neanche troppo stropicciato, coi suoi bei colori arancio, blu, verde, azzurro. Ha fatto il suo esordio al Rio Club proprio in quella notte afosa, passando dal portafogli di Nicola alla cassa, attraverso le mani del "vecchio della cassa" (nessuno conosce il suo nome). Quella sera il vecchio sentiva il solito mal di pancia, il mal di pancia di sempre, che da dieci anni lo tortura senza un motivo plausibile: un dolore nella parte destra in basso dell'addome, ma non è appendicite perché se l'è tolta da bambino, non è stomaco perché è troppo in basso, non è fegato perché un giorno un medico gli ha detto che il fegato non ha terminazioni nervose e quindi il mal di fegato non esiste. In forma dubitativa il medico gli aveva diagnosticato un'infiammazione al colon di origine nervosa per la quale non ci sono cure, o, meglio, le cure ci sono ma non a Cuba. Insomma, doveva tenerselo: aveva provato con certe erbe amarognole senza risultato e quella sera, come tutte le sere, stava sul suo trespolo, piegato un po' sul lato destro del corpo per attutire le fitte, a fare ordine in quel fiume di persone che è la fila con cui ogni sera deve fare i conti: un 70% di puttane, un 25% di turisti, un 2,5% di froci, un 2,5% di cani sciolti, tutti pronti a tutto pur di scavalcare qualcun altro, o di far valere l'amicizia giusta per pagare mezzo dollaro in meno.

AA04583782 non trascorre molto tempo nella cassa del vecchio. Verso le 23.07 passa con noncuranza, insieme ad altre cinque banconote anonime, a Mario Schmidt, 37 anni, di Bochum, da cinque giorni a Cuba per vacanza, alloggiato alla camera 702 dell'hotel Habana Libre, insieme all'amico Rudolf B.. Mario ha lasciato gli studi d'ingegneria al secondo anno e si è messo subito a lavorare in una ditta di tessuti per uniformi da lavoro. La madre non glielo ha mai perdonato: vedeva in lui un ingegnere, ma Mario non ha mai amato i numeri. Questa sera sembra un po' nervoso. È ustionato in volto a causa di un'abbronzatura frettolosa. Sembra nervoso dai movimenti bruschi del collo, dal volume troppo alto della sua voce, dalle risate convulse che condivide con Rudolf che sanno di tutto tranne che di divertimento.

Mario ha conosciuto Anita (23 anni, prostituta, di Colon, Cuba) tre giorni fa sul marciapiede della strada principale della città. Non ricorda neanche lui quante scopate si sono fatti in tre giorni (nella sua testa ha un bilancio vicino alle 15) ed ora è stanco, stanchissimo. Sente di non aver più nessuna voglia. È nervoso: ha paura di rincontrare un'altra volta Anita e di dover continuare il suo calvario, e vorrebbe solo ballare, bere qualcosa, fumare 5/6 sigarette e andare a dormire. Però lo sa che se Anita si fa sotto, lui non può dirle di no. Sembra assurdo, però è così: l'unica via per riposare è non incontrarla. Muove quattro passi decisi verso il bancone del bar insieme a Rudolf e si guarda intorno e accende una sigaretta e ordina una birra. Si guarda intorno di nuovo. Non la vede e il cameriere gli fa scivolare con mano esperta la lattina sul bancone bagnato, e Mario la prende al volo e tira fuori i soldi con un movimento brusco e AA04583782 si bagna un poco, però passa nelle mani del barista che la accartoccia nel palmo e la butta nel cassetto che tiene aperto davanti a sé, all'altezza della vita.

Eusebio Saez Garcia ha venticinque anni e fa il barista da sette. Per cinque anni ha lavorato sulla spiaggia di Varadero in un chiosco per turisti dove ha imparato a preparare cocktails e a parlare in inglese, francese e italiano, a dire qualche parola in russo e "buongiorno", "buonasera" e "ciao" in giapponese. Da due anni sputa sangue al Rio Club ma sta facendo di tutto per tornare al suo chiosco. Tutte le sere si ripete che per un pugno di pesos in più non vale la pena rovinarsi la salute là dentro, respirare tutto quel fumo, lui che non fuma, tornare ogni mattina a dormire con un fruscio malato nelle orecchie per quella musica del cazzo. Poi non riesce a vedere Jany quasi mai. Due o tre giorni al mese e basta. Lei non ne può più, lui non sa che fare. "Sette cuba libre" - "Si`, arrivano", e ogni sera senza sapere Jany che fa, con chi sta. E i suoi occhi rossi sono rossi non solo per il fumo, e getta, letteralmente getta, sette bicchieri sopra ad un vassoio e getta un'ombra di rum in ogni bicchiere e getta un'orgia di coca cola fino al bordo. L'altro cameriere prende il vassoio, se lo solleva sopra alla testa e si produce in uno slalom fantastico nell'umanità compatta che non lo lascia passare. Arriva ad un tavolo di italiani che non fanno altro che ridere. Distribuisce i sette bicchieri su altrettanti sottobicchieri di cartone e, rivolto a quello che sembra essere l'elemento rappresentativo del gruppo, urla:

"Ventuno dollari!"

"Trentuno?"

"No, ventuno"

Un dialogo infelice, proprio nel momento in cui la musica è più alta in un folle rullio di percussioni elettroniche. L'italiano tira fuori tre biglietti da 10 e li fa passare con superbia sotto al naso della mulatta che lo accompagna, e lei sorride e il cameriere non fa una piega, li afferra, "Le porto subito il resto", e di nuovo slalom con gli occhi fissi alla meta, al bancone, fingendo di non sentire le mille voci degli altri tavoli assetati "Scusa, scusi, cameriere?".

Bancone. Sono le 23.47 quando Eusebio Saez Garcia afferra AA04583782 insieme ad altri biglietti da 1 e li passa con mostruosa velocità nelle mani del cameriere. Sono le 23.48 quando AA04583782 entra nella tasca destra dei pantaloni di Vincenzo Mascetti, 28 anni, di Pescara, a Cuba da dieci giorni insieme ad un gruppo di amici che frequenta dai tempi del liceo. È la quinta volta in due anni che Vincenzo viene a Cuba. Vincenzo è innamorato. Nel suo primo viaggio aveva conosciuto Consuelo, 25 anni, infermiera di Matanzas, e da quel momento aveva capito di essere innamorato. Vincenzo soffre di una forma acuta di psoriasi e ha gran parte della superficie del corpo arrossata e squamata. Le braccia sono coperte di pustole bianche e le mani sono ruvide come la carta vetrata. I medici lo hanno sempre considerato un caso straordinario, lo hanno studiato per anni come un animale raro dando sempre la stessa risposta: non ci sono cure definitive, ci sono medicinali che attenuano il fenomeno ma non cure. Così lo hanno spedito per diverso tempo in un centro specializzato sul Mar Morto dove, con altri casi rari come lui venuti da tutto il mondo, aveva tratto la sola conclusione possibile, e cioè che quella malattia di merda se la sarebbe portata fino alla tomba, e basta.

Consuelo era stata l'unica a non correre al bagno a vomitare vedendolo spogliato. Lo aveva preso fra le braccia e lo aveva baciato con gli occhi lucidi. Consuelo sì che era una donna. Questa scena aveva due anni ma Vincenzo la proiettava nella sua testa instancabilmente: quella prima volta, la sua infermierina di Matanzas che ne aveva viste tante sul lavoro per provare disgusto per la sua pelle, per quella corteccia dura che copriva un corpo che lei, senza dare o chiedere spiegazioni, aveva promesso di amare.

E ora si passano una sigaretta leggera e stanno provando a smettere, perciò ne accendono sempre una in due. E Vincenzo è contento all'inverosimile: si guarda la sua donna, poi si guarda i suoi amici e non gli sembra vero di essere riuscito a riunirli tutti qui, nella sua isola della felicità e beve e pensa a qualcosa di straordinario da fare lì, in quel momento. Una voglia eruttante di fare un regalo a quella gioia, di premiarla in qualche modo. E non sa stare seduto e invita tutti a ballare "Questa, questa canzone mi fa impazzire", e ballano e non ci sono freni ma solo un acceleratore. Si mettono in circolo e fanno tutti insieme gli stessi passi a tempo e poi con le mani, le battono sulla percussione più forte, e Vincenzo abbraccia Consuelo che si fa stringere e ride e ridono e Vincenzo non si è mai sentito così. E allora, colto da un lampo, blocca Consuelo con le braccia, "Aspettami qui due minuti", e lascia la pista e letteralmente corre in una direzione precisa della discoteca. Arriva fina alla sala dove sono i videogiochi e chiama Rosy, un'amica di Consuelo che qualche giorno prima gli aveva detto di aver bisogno di soldi e che per questo aveva deciso di vendere un bracciale d'oro che aveva dalla prima comunione.

"Lo vendi ancora quel bracciale?"

Rosy annuisce col capo e lo porta in un angolo appartato della sala.

"Fammelo vedere"

Lei tira fuori dalla tasca un braccialetto d'oro con pietre false incastonate nelle maglie. Vincenzo se lo stende sulla mano squamata.

"Che oro è?"

"Diciotto"

Lui storce la bocca come se fosse esperto.

"Quanto ci vuoi fare?"

"Ottanta"

"Dai, ti do settanta e va bene"

"T'ho detto, è un prezzo già buono quello..."

"Dai, settantacinque è un prezzo prefetto"

Rosy fa la faccia seccata, si guarda intorno, sbuffa:

"Dammi 'sti settantacinque"

Vincenzo si mette in tasca il bracciale e dall'altra tira fuori tre biglietti da 20, un biglietto da 10 e cinque biglietti da 1, tra cui anche AA04583782, terzo in ordine d'apparizione, elegante, ben stirato. Rosy mette tutti i soldi nel suo piccolo marsupio e bacia sulla guancia Vincenzo che, di nuovo illuminato, corre verso la pista da ballo.

Sono le 24.30 in punto quando Rosy accende una sigaretta del nuovo pacchetto di Marlboro appena comprato al bancone per due dollari (non con AA04583782). Rosy batte da due anni e mezzo, cioè da quando, già finiti gli studi di scuola secondaria, si è trovata a dover scegliere tra l'università senza mangiare e la prostituzione con i suoi "lussi". Scelse la seconda e fece tirare un sospiro di sollievo a tutta a la famiglia che puntava decisamente sui vaporosi riccioli biondi di Rosy e sui suoi occhi per assicurarsi colazione, pranzo e cena per gli anni a venire.

Ora Rosy sta appoggiata alla balaustra di legno che segna il perimetro della pista da ballo, sussurra con le labbra, ma senza emettere suoni, le parole della canzone che conosce a memoria, tamburella con l'indice e il medio sulla sua coscia e aspetta. Aspetta come ogni notte la sua avventura, che un uomo, un turista, un turista qualunque si faccia sotto. Ormai è lontano il tempo del disgusto, quando dovevano essere solo giovani e carini. La madre piano piano l'ha convinta che i soldi sono la cosa più importante e che in fondo gli uomini, a luce spenta, sono tutti uguali. Così qualunque, chiunque, con sessanta banconote da 10 era il più bello del creato, l'uomo sempre cercato e mai trovato, l'amore.

Rosy dà uno sbuffo più forte, saluta un'amica con un sorriso freddo e si volta sulla destra: due, quattro, otto occhi che la fissano. Si volta a sinistra: altri occhi. Si ravvia i capelli, fruga nel suo pacchetto di Marlboro e si mette un'altra sigaretta in bocca. Cerca, con mosse studiate, nelle sue tasche, nel marsupio, un accendino, finché una mano non le si pianta decisa davanti alla bocca con un accendino in finto oro: "Vuoi accendere?". Rosy sorride, protende la sigaretta, le sue labbra, verso la fiamma e ringrazia. Breve pausa. Lei lo osserva: Argentino, sui cinquant'anni, basso, peli da tutte le parti, oro al collo, gelatina sui capelli, perfetto!

"Come ti chiami?"

"Rosy"

"Io mi chiamo Manuel, sono argentino"

"Si, lo avevo capito"

"Da che lo avevi capito?"

"Si vede, si capisce".

Pausa. Lui fuma. Fuma anche lei.

"Conosci molti argentini?"

"Qualcuno"

"È un bel paese l'Argentina, lo sai?"

"No, non lo so, ma se me lo dici ci credo. Mi offri un cuba libre?"

"Certo"

E vanno al bancone. E lei sorseggia svogliatamente il suo cuba libre e parlano di nulla. E dicono parole per liquidare velocemente l'immancabile fase del conoscersi. Poi:

"Ti desidero"

Lei, per niente sorpresa, sonnecchiando:

"Anch'io"

Lui sente aumentare la temperatura in tutto il corpo, la bacia sulle labbra, l'abbraccia forte. Lei risponde con movimenti automatici.

"Non resisto!"

Lei lo guarda con espressione d'attesa.

"Non c'è un posto qui dove farlo? In bagno, non so..."

"E tu che mi dai?"

"Dopo ti faccio un bel regalo, sta' tranquilla"

Lei, ridendo: "Fammelo prima il bel regalo. Non è che non mi fido, però..."

"Quanto vuoi?"

"Vuoi farlo qui senza andare in albergo?".

Lui annuisce col capo con decisione.

"Allora predo cinquanta"

"Cinquanta? Ma per cinquanta, ieri, una ha dormito nella mia stanza fino a mezzogiorno..."

"Va' da lei, allora!".

Manuel ride con un'aria furba:

"Quaranta ed è già troppo!"

"Quaranta è la tariffa delle negre ed io quaranta non le prendo, vado a farmi un giro" e accenna ad andarsene. Lui non la lascia passare, le afferra il braccio: "Quarantacinque e basta!"

Lei sorride, lo guarda negli occhi, butta giù quello che rimane del suo cuba libre e lo prende per mano. Si fanno strada. Rosy conosce la strada: sale sul piano rialzato, imbocca una porta di servizio sulla destra, saluta la guardarobiera strizzando l'occhio, bussa ad una porta d'acciaio, nessuno risponde, la apre, accende una luce. C'è un materasso macchiato gettato sul pavimento, un posacenere pieno di cicche senza filtro, tre rotoli di carta igienica e un motorino appoggiato alla parete senza la ruota anteriore. Rosy non aspetta un secondo: si scioglie la cintura, si spoglia, mette tutta la sua roba sul motorino e Manuel pensa, guardandola, che sono 45 dollari spesi bene. Lei inizia a spogliarlo e lui è spaventato, paralizzato, si sente un bambino. Lei conosce tutti i segreti dei pantaloni di un uomo, conosce i bottoni, le zip, i risvolti, le cinte che s'incastrano. Lo spoglia. Fruga come un'infermiera nel suo marsupio, prende un preservativo, lui la blocca:

"Facciamolo senza"

"Sei matto? Io non lo faccio senza, te lo puoi scordare"

"Ti prego, io sono sano"

"Non m'importa, io non lo faccio"

Manuel è spazientito: cammina nella stanza.

"Perché? se ti dico che non c'è da temere... non sono un pazzo"

Lei conosce la storia: lo prende per un braccio, gli sorride:

"Guarda, posso fare un po' con la bocca senza preservativo, però poi te lo metti"

Lui riflette un secondo guardando la parete, poi sbuffando dice:

"Va bene"

Lei spegne la luce come sempre fa, e quello stanzino diventa la suite di un albergo a cinque stelle e Manuel il fusto argentino che ha sempre amato. Inizia con la bocca senza la minima fantasia, senza la minima presenza. Lui ansima in piedi, là, col freddo del pavimento che arriva fino alle ossa, i muscoli delle cosce rigidi, il rimbombare forte della musica che fa vibrare le pareti e la porta. Un paio di minuti e lei lo prende, non dice niente, lo sbatte sul materasso impregnato all'inverosimile di profumi dolciastri, gli mette il preservativo, dice: "dai, amore". Manuel le si fa sopra, pesante, con la sua pelle umidiccia. Rosy è completamente altrove, forse nella suite dell'albergo a cinque stelle, o in un altro posto ancora, però non lì. Quando lui, in un tumulto di versi scomposti e di contrazioni, finisce, lei fa appena in tempo a tornare sulla terra, su quest'isola, su questa spiaggia, in questa stanza ammuffita a simulare un verso tardivo di piacere che non è piacere, che non è liberazione, che è molto simile alla disperazione. Manuel resta lì sopra per alcuni secondi, gettato come un sacco di farina bagnata e sembra aver esaurito le energie di tutta una vita. Rosy si scuote e lo rianima. Manuel si alza con l'agilità di un elefante addormentato. Si rimette faticosamente i suoi pantaloni, la sua camicia, e lei fa lo stesso. Partono automaticamente due sigarette che riempiono lo stanzino di nuvole dense di fumo. Non parlano. Seduti sul materasso, vestiti, sguardi nel vuoto. Lui tira fuori dalla sua tasca un portafogli gonfio di denaro, agguanta un biglietto da 50 e lo mette davanti alla faccia di Rosy che lo assicura nel marsupio senza pensare. Passano alcuni istanti:

"Devi darmi qualcosa, mi pare"

"Non capisco"

"Il resto. Avevamo deciso per 45 dollari"

"E tu quanto m'hai dato?" Con una distrattezza credibile.

"Cinquanta"

"Ah, si, scusami, non ci stavo pensando…".

E conta cinque dollari nel suo marsupio tra cui anche AA04583782 che senza fare una piega passa nel portafogli dell'argentino. "Adesso andiamo", fa lei e lo conduce per mano fino al bancone del bar, lo liquida con un bacio distratto sulla guancia e va in una direzione che neanche lei sa.

Manuel Esteban è triste. Ma non solo da questa notte, è triste da più di due anni senza pausa, senza variazioni. E sono due anni che insegue la sua chimera: la rottura di questo circolo che lo avvolge. Due anni che scruta intorno alla sua anima alla ricerca di una crepa, di un'onda di luce su un mare un po' più quieto. Ma niente. Due anni d'inferno e una ricerca forsennata d'emozioni, come se fossero le emozioni a cacciare via la tristezza, come se fosse una lotta di forze, opposte solo in apparenza, a determinare la sorte di un'esistenza. Ma lui più spinge sull'acceleratore più si rende conto di essere una catena ininterrotta di pensieri, di essere giustiziato dalla qualità di quelli, nera, sempre nera, un fumo di morte su tutto. Il suo tempo determinato, un pessimismo che si volge a realismo da un minuto all'altro, una nube vischiosa da cui non scappa.

Una mattina ventosa di Buenos Aires di due anni fa, Manuel ha ricevuto l'allegra notizia di avere l'Aids, e da quella mattina ventosa di Buenos Aires non ha più pensato alla qualità delle mattine, né al profumo del caffè forte, né ai pericoli della dieta sbilanciata. Più a niente. Due anni prima ha fatto il suo ingresso in una terra di mezzo, sospesa, dove una fatica sovrumana s'impone solo per racimolare un motivo per alzarsi dal letto, per mettersi qualcosa addosso, per fare la fila al laboratorio d'analisi. Due anni che si domanda che senso abbia quell'assurdo conteggio di globuli bianchi, stupido come quello dei carri armati di Risiko. Perché contarli se il loro destino è segnato? Se andranno comunque a perdere la guerra? E allora da quel giorno, da quel tunnel, la sua strada è diventata qualcosa di molto diverso da una strada: una deriva, un dondolarsi in una sala d'attesa con un fascio di parole crociate, vedendo spegnersi a poco a poco la luce del senso in tutte le cose davanti a sé: io, altri, rispetto, amore, lavoro, vita, sono parole svuotate di cui ricorda solo a stento un'antica età dell'oro.

Questa notte inganna un po' di minuti davanti al bancone buttando giù più whisky che può, fino a sentirsi lo stomaco e la gola bruciare di un fuoco malato. Ha in una tasca interna dei pantaloni 300 dollari di coca e conta di spolverarseli tutti in una notte. Il suo progetto potrebbe dirsi, eufemisticamente, autodistruttivo. In realtà è un attacco lucido e sistematico ai centri vitali fuori e dentro di sé. Non se lo dice, ma vorrebbe arrivare morto alla morte e non vorrebbe vedere altro che morte intorno a sé.

Manuel si mette in bocca un cubetto di ghiaccio dell'ultimo bicchiere di whisky ed esce dalla discoteca, saluta due o tre facce con cui ha scambiato due o tre parole nella sua vita e sale sul suo fuoristrada noleggiato. In cinque minuti è davanti al suo albergo. Sono le 2.57 e AA04583782 è perfettamente al suo posto fra una banconota da 1 e una da 5 nel portafogli dell'argentino che barcolla fino all'ingresso e vomita cinque parole in fila per chiedere la chiave della sua stanza. Apre la porta, la sbatte dietro di sé e si butta sul letto. Il suo è un respiro rauco, stanco, distrutto, frammentato, infelice. Ognuno sembra l'ultimo ma, come per miracolo, dopo qualche secondo è seguito da un altro più stanco, più infelice, più solo. Come fosse spiritato si solleva sulle braccia, si guarda intorno alla ricerca di qualcosa che individua bene o male dietro al televisore, si alza. È uno specchio rettangolare, grande come un libro dell'enciclopedia. Lo lecca. Lo asciuga. Poi prende una lastra d'acciaio informe. Scarica tutta la bustina di coca sopra a questa, la distribuisce su tutta la superficie. Accende una candela e mette la fiamma sotto alla lastra. La coca si ammorbidisce, lui la ravvia delicatamente con un coltello. Poi smorza la candela e fa scivolare tutta la coca sullo specchio. Contempla ammirato la sua bianchezza per qualche secondo, ne mette un pizzico sulla punta della lingua e l'assapora. Ora inizia a dividerla in strisce: una, due, cinque, dieci, quindici strisce larghissime. Appoggia lo specchio sul letto, afferra febbrilmente il portafogli, prende la prima banconota che gli capita sotto mano che, per uno strano caso del destino, è AA04583782, che si lascia piegare, modellare, arrotolare dalle mani esperte di Manuel. Dopo un minuto AA04583782 non è più lei: è una cannuccia perfetta da fare invidia a tutte le cannucce di questo mondo. Manuel se la mette nella narice destra e inizia: la prima striscia tutta d'un fiato e di seguito la seconda. Si ferma un attimo, tira su col naso violentemente, il sapore amaro arriva subito in gola, quindi sul collo, sui denti, sulla lingua. Tira su un'altra volta, tutto s'inizia a non sentire: la gola, il collo, i denti, la lingua, diventano uno spazio impalpabile. Afferra di nuovo AA4583782 e via, un'altra striscia, e un'altra con la narice sinistra, e una terza, e sente gli occhi esplodere, bruciare e non bruciare ma non vuole comunque fermarsi. Altre due strisce tutte d'un fiato, non sente più niente: l'ubriachezza è ormai storia vecchia, ora c'è questo assaggio di nulla, il suo cuore che accelera, accelera pazzamente. Le ultime strisce più tardi, pensa, ed è l'ultimo pensiero prima di un tremore incontrollabile delle braccia, delle mani. Ma è il respiro a fare dispetti. L'aria, forse, entra ed esce, però lui non la sente, non sente il diaframma, i polmoni che si gonfiano, non sente la gola. Soffoca e non soffoca, si sente nell'aria e nell'acqua. AA4583782 è avvolta di sudore. La stringe nel pugno, la stropiccia, l'accartoccia prima di lasciarla cadere a lato del letto, in una resa che non è morte, ma non è neanche vita: una terra di mezzo desolata, suo domicilio permanente in questo scorcio d'esistenza.

COPPIE

Il Combo

Mi trovavo in un hotel di L'Avana (non faccio nomi per non mettere nei guai nessuno) in occasione di una conferenza. Annoiato esco dalla sala e vado nella hall a cazzeggiare. Trovo il capo della Security più annoiato di me e ci scambio qualche chiacchiera. Poi gli domando: "Posso portarti qualcosa dal buffet interno?" - "Un Combo" - "Un Combo?" - "Sì, prendi un bicchiere e mettici tutto quello che puoi" - "In che modo?" - "Così, come viene, quello che trovi...". Vado dentro e creo un bicchiere nerastro con rum, birra, vino, gin, coca e vodka. Glielo porgo e vedo occhi pieni di gratitudine. Mi piace molto l'idea del Combo. Chi beve cerca un effetto e in questo frangente risponde a leggi evolutive: il massimo effetto col minimo sforzo. Mi piace quella casualità, mi sembra così felicemente lontano dalle degustazioni di vini dove quattro tizi con la pancia piena assaggiano bicchieri da bottiglie coperte con la carta stagnola e ne indovinano il produttore. Così più animale un Combo di quella roba. In fondo il vino è nato per le orge, per l'entusiasmo di gente che voleva perdere la ragione e guardare negli occhi il proprio dio. Ed avrebbe bevuto anche il sangue di un cane se fosse servito a portarla da quelle parti. O un Combo. Sicuramente. Mezz'ora dopo il mio amico della Security lo trovo steso scompostamente su un divano della hall. Probabilmente gli era sfuggita di mano la security ma sicuramente stava guardando fisso negli occhi il suo dio.

La mattina si alzano tardi, tanto tardi che non si può più dire mattina: le 14.30 sono pomeriggio pieno e a quell'ora c'è già chi si è riempito la pancia di rum schifoso e aspetta la sera sul marciapiede per dire che è passata un'altra giornata.

Si alzano alle 14.30 e quando tolgono i pannelli neri che li riparano dalla luce, la prima cosa che vedono sono le loro due facce gonfie e giallognole, poi tutto il resto: la stampa di una puttana nuda sopra ad un Harley Davidson appesa alla parete di fronte al letto, lo stereo, il mucchio enorme di cd; le loro mutande; i vestiti buttati qua e là per terra.

Ariel si accende la prima sigaretta della giornata mentre Judit va a preparare una colazione impossibile a base di latte, caffè, fagioli neri, yogurt e pollo. La consumano senza dirsi mezza parola, con lentezza. Lui si alza e accende lo stereo con il cd che due sere fa gli ha regalato un turista spagnolo: musica house, ma Ariel non lo sa e presto si rompe le palle di quella musica sempre uguale e mette su un vecchio cd di salsa che conosce a memoria. La canticchia e fa alcuni gesti per accompagnarla. Judit è andata al bagno: si siede sul water e inizia a sfogliare un settimanale di moda che un colombiano le ha regalato un mese fa e che da allora non ha smesso di sfogliare. Si sofferma come sempre sui modelli che preferisce: un modello che riecheggia taglie e colori zingareschi; un tailleur grigio serissimo; un gonnone anonimo; una bombetta spiritosa. Chiude il giornale, si pulisce il culo e si accorge di non essere sola a casa gridando:

“Abbassa ‘sta musica!”

Ariel non risponde, si avverte soltanto una lievissima diminuzione del volume dello stereo ed è sufficiente questo affronto che lei è già incazzata, già si dice mille cose bruttissime dentro e lo strangolerebbe e vorrebbe buttare dalla finestra lui e quel suo stereo di merda e vorrebbe vederlo mangiato da cani. Esce dal bagno, si para davanti a lui e sembra uscirgli il fuoco dalle narici:

“Che fai? Mi prendi per il culo? Ho detto abbassa!”

e si avventa sulla manopola dello stereo lasciando, adesso, il volume decisamente troppo basso. Lui fa la parte del paziente: si solleva faticosamente e va ad alzare, appena solo per sentire qualche suono. Lei torna nella stanza come una furia:

“Ho detto che lo voglio così e così deve stare!”

e abbassa di nuovo il volume, praticamente spegnendo. Ariel si alza, si mette davanti a Judit e inizia con calma:

“Vuoi farmi incazzare? Dillo, ti rode il culo? Vuoi litigare? Dimmelo, forza”

e adesso urla. Se il proposito di Judit era di farlo incazzare, bene, ora lui è incazzato. “E allora? T’incazzi e che fai?”

“Ti gonfio!”

“Mi gonfi? Dai, provaci, stronzo!”

Ariel dà due schiaffoni fortissimi a Judit che cade all’indietro per un secondo, poi inizia a rispondere con una serie di calci-pugni-schiaffi-sputi scomposta. Ariel prova a pararla con le mani ma lei non si ferma, allora le assesta un colpo a mano semichiusa sotto l’occhio, poi la afferra per il collo e le grida:

"La fai finita, eh? La fai finita, stronza, o ne vuoi altre?"

Judit trema, vomita una lista completa di insulti, rossa in tutto il volto e sotto l'occhio in particolare che già tende verso un amaranto tristissimo.

Ariel ha conosciuto Judit due anni fa sulla spiaggia di Santa Maria e ci ha messo poco a conquistarla: è bastata la sua pelle abbronzata, i suoi capelli biondi e selvaggi, qualche paroletta da guappo e quella sedicenne bamboletta di campagna ci è cascata come una pera. Judit era in vacanza con sua zia e quella era la sua prima vacanza vera e propria, abituata com'era a vedere dalla mattina alla sera solo vacche e canne da zucchero, canne da zucchero e vacche, nel suo villaggetto sperduto di Palma Soriano, dalle parti di Santiago ma lontanissimo da tutto. Quelli erano stati giorni bellissimi: lui l'aveva portata in discoteca, le aveva fatto conoscere i suoi amici, l'aveva scorrazzata in lungo e in largo per L'Avana con la sua moto, l'aveva baciata di fronte alla sala giochi, se l'era scopata nel bagno della sala giochi.

Alla fine della vacanza Judit era tornata nel suo schifo di paesino con il solo desiderio di salutare papà, mamma, zia e tutti quanti per ricongiungersi col suo amato Ariel che le aveva promesso che il bello sarebbe arrivato e le aveva assicurato che quella settimana era stata solo un assaggio. Judit già non studiava più da un anno e non lavorava perché non c'era nulla da fare, così, quando andò a chiedere il permesso al padre, quello, troppo concentrato sulle vacche che trainavano un arnese per tagliare canne da zucchero, biascicò un "puoi andare" senza sapere né dove, né chi, né quando. Così se ne andò per vivere la sua avventura, per atterrare dopo nove ore di treno, dritta dritta nel suo sogno.

Ariel l'aspettava alla stazione e la portò con la moto a conoscere la sua nuova casa. Passarono un mese stupendo: il giorno al mare, la sera in discoteca, sempre il giorno al mare e la sera sempre in discoteca. Poi un giorno Ariel aveva preso Judit da una parte e le aveva detto:

"C'è bisogno che porti qualche soldo a casa, non posso più fare tutto io..."

"...e infatti, mi chiedo, cosa fai tu per guadagnare, Ariel?"

"Mi arrangio, con il turismo, sai, con i turisti si guadagna bene"

"E io che posso fare?"

Ariel restò in silenzio e guardò Judit con una faccia che diceva troppe cose per essere capita.

"Vediamo un po' quello che si trova..."

Una settimana dopo Ariel aveva portato Judit ad una strana cena con una tavolata di tedeschi che avevano promesso di pagare per tutti. Poi uno di loro, ubriaco, aveva cominciato a ridere forte ammiccando all'amico, ad accarezzare il braccio di Judit fino a scendere decisamente sulle cosce. Judit aveva guardato Ariel impietrita. Ariel rideva e sfuggiva il suo sguardo. Fuori dal ristorante, Gustav (così si chiamava il tedesco) aveva agguantato Judit per la mano e le aveva stampato un bacio sul collo. Ariel s'era inventato un impegno improvviso ed era scomparso, accompagnato da un altro tedesco, nel frastuono puzzolente della sua moto.

La notte, quando Ariel era tornato verso le 4, Judit stava in piedi fumando la sua cinquantaduesima sigaretta. Lo aveva invaso di parole e di lacrime:

"Perché, perché mi hai lasciata sola con quello stronzo? Hai visto che mi stava facendo? E non hai detto niente?"

"Com'è andata?"

"Come: com'è andata?"

"Nel senso: che avete fatto dopo?"

"Niente, quello voleva portarmi nel suo hotel, m'ha trascinato in macchina ma al primo incrocio mi sono buttata aprendo lo sportello"

"Sei una stronza!"

"Come sono una stronza? Quello voleva scoparmi, scoparmi, lo capisci?"

"Lo so, Judit, ma lo sai quanto ti dava? Duecento dollarucci tutti insieme, duecento, e lo sai che a noi servono soldini, non possiamo campare d'amore"

Judit era rimasta di marmo, senza più lacrime, senza più parole. Sentiva gelo nelle gambe, nelle braccia, nella testa. Ariel aveva continuato:

"Pensi che sia facile per me? No, però è più difficile trovarti un lavoro qualsiasi: non hai studiato, non sai fare un cazzo! Qui lo fanno tutte, non è un dramma."

Judit proseguiva nel suo stato catatonico e le arrivavano parole lontane, sussurri brutti, bruttissimi. Quella notte non aveva detto più nulla, e neanche per tutto il giorno a seguire. Era stato solo un lunedì sera che si era messa davanti allo specchio più del solito per truccarsi, che aveva indossato il vestito più trasparente, che si era spazzolata i capelli in eterno, quando Ariel aveva capito che qualcosa era cambiata e che tutto stava mettendosi per il meglio. Judit aveva aperto la bocca dopo due giorni per dire:

"Quanto devo chiedere?"

Ariel era sobbalzato, però aveva risposto prontamente:

"Non scendere sotto ai cento, amore mio, tu sei giovane e carina e se la devono sudare questi stronzi!"

Judit non aveva fatto una piega:

"Hai preservativi da prestarmi?"

"Perché, me li rendi?" Aveva detto Ariel ridendo e strappandole anche un mezzo sorriso. Quando Judit aveva fatto per uscire di casa, Ariel la aveva bloccata:

"Aspetta, t'accompagno"

Arrivati di fronte al Rio Club era meglio non farsi vedere vicini. Lui le aveva dato un bacio a correr via e le aveva sussurrato un grazie che veniva dalle parti del cuore.

Insomma, Judit aveva cominciato così ed era diventata in poco tempo la reginetta della discoteca, capace di polverizzare ogni record d'incassi precedente con la sua media di 3/400 dollari a sera.

Ora va in cucina, riempie un panno di cubetti di ghiaccio e smadonna mettendoselo sotto all'occhio. Ariel s'è vestito in un lampo e urla:

"Torno verso le sei, le sette, non so, più tardi"

e sbatte la porta. Judit continua a passeggiare per la casa senza meta, col suo panno ghiacciato sull'occhio, imprecando contro tutto e tutti. Poi lo butta nel lavandino e inizia a curare la sua igiene intima. Passa ore con creme e lozioni, poi scalda il ferro e si stira l'abito per la notte. Oggi ha scelto un vestito multicolore che le ricorda lontanamente quello della rivista colombiana. Se lo appoggia addosso, prova due facce provocanti davanti allo specchio, si tira su i capelli, poi ritorna ad insultare tutto e tutti senza motivo. Allora passa a dipingersi le unghie, questa volta con un improbabile smalto nero che immagina stare d'incanto coi colori del suo vestito. Dopo tre ore esce per strada. Razzola le solite tre boutique che visita ogni giorno, compra un nuovo reggiseno, tre pacchetti di Marlboro, prova una serie interminabile di jeans e si dirige al centro telefonico. Va a chiamare sua madre come fa ormai da tempo tre volte alla settimana. La madre sa che Judit ha trovato un ottimo posto come guida turistica e ne va orgogliosa. La sua ingenuità non le fa nutrire alcun sospetto sui 300 dollari che arrivano in casa puntualmente ogni dieci giorni. "Guadagna bene Judit e se lo merita, ho sempre detto che è una ragazza intelligente". Il padre di sospetti ne ha più di uno però non ci pensa e affoga le illazioni nella sua orgia di canne da zucchero.

Ariel esce e, come ogni pomeriggio, va a fare un salto alla sua palestra. Passa lì un'ora alzando manubri unti e confermando i suoi progressi muscolari davanti ad uno specchio anch'esso unto. Poi esce e passeggia per la strada a lavorare. Già, perché non s'è detto che anche Ariel fa la sua parte nelle entrate della casa. Il suo è un mestiere che si porta dall'adolescenza, ma più che un mestiere lo ha sempre considerato un hobby, un passatempo, il più delle volte un piacere che porta quattrini, che non fanno mai male. Ariel vende il suo culo da quando aveva quindici anni. Fu iniziato a questo redditizio passatempo dallo zio materno il quale, non facendo nessun mistero delle sue preferenze sessuali, aveva sempre attratto inspiegabilmente Ariel. Un giorno questa sua curiosità andò più in là dello spiare lo zio dalla serratura, così si trovò sotto di lui senza essere sfiorato dalla minima vergogna o senso di colpa. Da quella volta lo zio gli aveva insegnato molto su quel mestiere, al punto che a sedici anni già andava per la calle ad abbordare turisti compiacenti. Però Ariel non aveva mai perso il desiderio per le donne e vedeva questa sua passione pomeridiana solo come un modo pratico per raddoppiare il piacere nella sua vita. Adesso, nel suo universo mentale costellato di deliri d'onnipotenza, immagina scenari da monopolio. Rimugina: "Tutti i turisti che sfuggono alla rete di Judit, me li faccio io, così nessuno scappa dalla nostra 'trappola'" e ridacchia dentro di sé sentendosi, senza alcun dubbio, tra i più furbi del pianeta. Così passeggia da solo per una ventina di minuti, poi, ad una bancarella di artigianato cubano, gli si avvicina un signore francese che, in uno spagnolo incerto, gli domanda: "Cosa ti piace?"

Ariel si volta per guardare in faccia quella voce e sorridendo risponde:

"Un po' tutto."

Il francese si mette a lato di Ariel per una decina di passi finchè non si fermano davanti ad una bancarella di corallo nero lavorato. Senza pensarci su troppo il francese, che a dispetto dei capelli biondi tinti di fresco, li dimostra tutti i suoi 55/60 anni, afferra una collana pacchiana e la prova sul collo di Ariel.

"Ti sta benissimo"

"Davvero?"

Il venditore fa la sua parte annuendo con finta convinzione.

"Compramela!"

Tutto soddisfatto, il francese paga 40 dollari e assapora la gioia di mettere con le sue mani la collana ad Ariel, sfiorando quel collo scuro che già lo fa impazzire. Tornano indietro verso il parcheggio in un silenzio d'attesa.

"Io mi chiamo Javier, comunque"

"Io Ariel."

Si danno un'inutile mano.

"Sei francese, vero?"

"Sì, di Bordeaux, ne hai mai sentito parlare?"

"No, conosco Parigi... o meglio, non ci sono mai stato però me ne hanno parlato". Javier non sembra pratico, non sa che fare, non sa cosa dire, si sente nervoso. Fosse per lui inizierebbe a baciare e mordere la creatura che gli sta accanto, però non lo fa. "In che hotel stai?"

"No, non sto in un hotel, ho una stanza in una casa privata"

"È la prima volta che vieni a Cuba?"

"No, la seconda."

Passeggiano ancora e Javier è nervoso perché hanno appena superato la sua macchina parcheggiata.

"In Francia è così?"

"Così come?"

"Così...la gente, la vita..."

"No, è molto diverso, non so spiegarti come, però diverso."

Restano tutti e due pensierosi, poi Ariel capisce che se non è lui a prendere in mano la situazione, arrivano a piedi fino a Miami.

"Perché non mi fai vedere la tua stanza?"

Javier si fa rosso e sente un tuffo al cuore. Pensa: 'Alla mia età colpi del genere possono ammazzarmi'.

"Certo, ho la macchina, ma ti devi accontentare di una birra, a casa mia non c'è altro."

"Ottimo, ho proprio voglia di birra."

Salgono, vanno, arrivano, scendono. Così, un altro turista, 150 dollari, una collana di corallo da vendere il giorno dopo, una birra, che vuoi di più?

Ariel torna a casa verso le 21.30 mentre Judit è alla sua seconda doccia della giornata. Sulla poltrona del soggiorno è appoggiato con cura il vestito della notte, sul pavimento due paia di scarpe: degli zoccoloni bianchi da infermiere del policlinico e delle ballerine nere. Judit esce dal bagno con l'asciugamano arrotolato sui capelli che la fa simile a un fachiro e con una sigaretta in bocca appena accesa.

"Sono le nove e mezza."

Ariel grugnisce.

"Dove sei stato fino ad ora?"

"Un francese."

"E questa?"

indicando il collanone che Ariel si era dimenticato di togliere.

"Ah, un regalo del francese."

"È una merda!"

"Sì, fa schifo, però è corallo, si può rivendere"

"Se te la comprano... Ma ti ha pagato?"

"Centocinquanta, e se n'è venuto dopo venti secondi, poi s'è messo a dormire per due ore."

Dalla bocca di Judit scappa una risata e anche Ariel sorride.

"E la coca l'hai comprata?"

"No, non ho fatto in tempo, vengo diretto dalla casa del coglione"

"Porca puttana, Ariel, e adesso?"

"Adesso che? Ce ne sono ancora due grammi, te li lascio, poi io me la compro stanotte."

Judit fa due calcoli e appare tranquillizzata.

"Mangia, è pronto in cucina."

Ariel s'avventa su un piatto di banane fritte e le finisce, passa ai fagioli e li finisce, passa agli spaghetti col formaggio e li finisce. Dopo si mettono a guardare gli ultimi minuti della telenovela. Quando passano i titoli di coda, Judit fa:

"Che cazzo di storia, è davvero incredibile..."

"Ti piace?"

"Sì, però non è possibile che Marcos non capisca che Raquel non lo ama e che sta con lui solo per interesse."

"Marcos è un coglione, doveva sposarsi con Ruth."

Judit annuisce col capo per confermare questa enorme verità. Va nell'altra stanza e torna davanti alla televisione con un piatto su cui sono allineate tre strisce di coca. Si pulisce il naso con un dito, poi si tira la prima striscia.

"Ma ora Ruth lo incula e si sposa con Tonio, così Marcos si pente amaramente delle cazzate che ha fatto. Tirane un po'."

Ariel si piega verso il piatto e tira pigramente una mezza striscia.

"No, Tonio è malato di mente. Ruth non se lo può sposare…"

Judit tira la mezza striscia lasciata da Ariel poi si mette con la testa all'insù tirando col naso finché la coca non le arriva alla gola.

"Vedrai, andrà a finire così: Tonio guarirà quando si ricorderà per intero la storia dell'uccisione del padre. Metteranno in galera Robert, perché è stato lui ad ucciderlo di sicuro, e allora Ruth accetterà l'amore di Tonio e si sposeranno."

"E Marcos se la prenderà nel culo..."

scoppiano a ridere sferzati in questo dall'effetto della coca che inizia a farsi sentire. Rimangono per minuti così mentre alla televisione è iniziato un interminabile notiziario.

"Alziamo il culo, va'! Prepariamoci."

Dopo 40 minuti sono pronti. Judit si tira l'ultima striscia di coca poco prima d'uscire.

Arrivano al Rio Club che sono le 23.30. Si salutano sulla scala d'ingresso, poi si dividono. Judit sale sculettando e cammina come se avesse alla sua destra e alla sua sinistra solo nuvole. Fa un cenno col capo al vecchio della cassa ed entra. Ariel incontra un suo amico. Comincia a ridere. Chiede se c'è coca in giro. S'accende una sigaretta. Poi si mette a chiacchierare seduto ad un tavolo di fronte all'entrata.

Judit non fa in tempo a prendere confidenza con tutto che già c'è un turista che l'aspetta.

"T'aspettavo..."

"Ci conosciamo?" Fa lei con diffidenza.

"No, però ieri t'ho guardata per tutta la sera, stavi con un vecchio..."

"Come ti chiami?"

"William"

"Io Judit. Mi offri un Cuba Libre?"

"Sicuro."

Si dirigono al bancone.

"Sei inglese?"

"Irlandese per l'esattezza... Senti, sei bellissima."

"Grazie, ma quanti anni hai?"

"Diciannove."

"Che ci fai qui?"

"Vacanze."

Parlano. Judit sembra contenta di quest'incontro: una volta tanto uno a cui non casca né la bava, né la pancia, né i capelli. Judit sente un'onda inspiegabile di sincerità: "Senti, tu lo sai cosa faccio io qui?"

"Non ti capisco..."

"Io vado a letto per soldi, William, non so che t'aspettavi..."

"Io lo so questo, ma non è importante, ti do quello che vuoi basta che stai con me, possiamo anche non andare a letto, voglio stare con te."

Judit sorride e si sente con l'anima a posto.

"Io prendo 150 dollari, ce l'hai?"

"Ti do 200 dollari però per questa notte non si parla più di soldi, ok?"

"Tu sei matto, ma se proprio ci tieni..."

Continuano a parlare o, più semplicemente, è William che le parla di sé, della ragazza che ha lasciato a Dublino, della tristezza, di un organo chiamato cuore. Judit ascolta. 200 dollari valgono la sua attenzione e pensa che forse se tutto, tutto quanto fosse diverso, William da Dublino sarebbe... ma no, è un bambino, e tutto non è diverso da come è. Ascolta. Poi butta un occhio all'entrata e cambia tutto. Dice:

"William, aspettami qui, non ti muovere."

Come una furia s'avventa su Ariel che sta parlando, ridendo, scherzando con Petra, sua amica. Uno, due schiaffi, una spinta:

"Brutto stronzo, che cazzo stai facendo qui con questa troia?"

"Calmati, Judit, stiamo parlando, non c'è da incazzarsi."

Interviene Petra:

"Judit, sei matta? Stiamo chiacchierando."

"Tu, stronza, vatti a fare un giro non-sono-cazzi-tuoi"

e Petra si ritira per non rischiare.

"Ariel, te l'ho detto cento volte: non devi parlare con altre puttane, ok?"

La gente segue questa scena tristissima. Ad un certo punto anche Judit si accorge di essere sulla terra, con altre persone e tutto il resto. Minaccia per l'ultima volta Ariel e torna dal suo William che, come un bravo scolaro, la sta aspettando nel punto esatto in cui l'aveva lasciato.

"Chi è quello? Il tuo ragazzo?"

"No, che ragazzo, è mio fratello, litighiamo sempre...", e William crede a questa e a molte altre balle che Judit gli racconta così, senza motivo, solo per esercitare la fantasia.

Verso la una Judit chiede di andare via perché il down della coca è tragico questa sera: vorrebbe piangere, gettarsi in qualche dirupo, crocifiggere il dj. Passano davanti ad Ariel e Judit gli sussurra un appuntamento:

"Hotel Comodoro alle 4, stronzo."

William la conduce nella sua camera. Ha cinque libri sullo scaffale, che Judit osserva con occhi senza pensiero.

"Ti piace leggere?"

"Sì, e a te?"

"Sì, mi piacciono le riviste di moda."

Judit fa per spogliarsi ma William la ferma:

"Aspetta, non voglio questo", e la conduce sul letto perché vuole parlare. Ed è una notte di parole e carezze. William ha scelto Judit per dire tutto e lei capisce poco e aspetta solo i 200 dollari e le quattro del mattino. Le parla dei suoi problemi, del suo problema. Da quando è morta la madre non è più riuscito ad andare con una ragazza. Quella che ha lasciato a Dublino non l'ha mai portata a letto. Come un blocco emotivo, una paura senza fine. E versa qualche lacrima mentre Judit gli carezza la testa:

"Sono cose che succedono, passerà...", ma lui continua e dice che non si sente un uomo e Judit gli domanda se vuole provare con lei ma William dice di no. Poi restano abbracciati senza dire una parola. Judit gli sfiora teneramente il collo e la cosa migliore che le viene in mente è cercare di capire quale sia la marca del profumo che lui porta. Alle 3.50 si alza.

"Io devo andare."

"Puoi dormire qui."

"No, non posso, mia madre non mi lascia."

Allora William le mette in mano i 200 dollari e la saluta e la ringrazia di tutto.

Sotto all'hotel Ariel aspetta Judit mezzo addormentato, a cavallo della sua moto.

"Che hai fatto fino ad ora? Sei tornato da Petra?"

"Judit, no, sono stato con Gianni a comprare la coca e ce la siamo fatta, tutto qui."

"E per me?"

"Ce l'ho, non ti preoccupare."

E arrivano a casa, si spogliano in fretta. Ariel si lava la faccia.

"Chi era quel ragazzino?"

"Un irlandese: 200 dollari"

"200 dollari? E che avete fatto?"

"200 dollari per non fare niente, voleva parlare. C'ha dei problemi: voleva scoparsi la madre che è morta e ora non gli si alza con nessuna." Ridono.

"Ma non sarà frocio?"

"Eh, l'ho pensato... in tal caso te lo passo!" Ridono.

Pian piano prendono sonno. Subito Judit. Un po' più tardi Ariel per via dell'effetto della coca. Poi ce la fa dopo essersi girato e rigirato per trovare la sua posizione.

UNOS PERROS

La Caneca

Caneca è un termine cubano per indicare la fiaschetta da portare con sé, possibilmente piena di rum. Credo che sia un buon regalo da fare ad un uomo. Non riesco a pensarne uno migliore in realtà. Non deve essere particolarmente elaborata o lussuosa. Lì si scivola pericolosamente verso il regalo alla moda per un uomo che sa essere "maledetto" ma soltanto un po', il giusto, quello che è consentito in certi ambienti. No. La Caneca che dico io è un regalo in alternativa all'attrezzo per misurare la pressione degli ipertesi, da alternare al kit di primo soccorso contro i morsi delle vipere. Un regalo utile. Senso di onnipotenza. Comodità. Il cellulare degli alcolizzati. Copertura totale. Una cagata così. Io non ho una Caneca ma ogni tanto compro quelle di vetro, che sono una razione usa e getta per poveracci. Avere quella breve vertigine di autosufficienza sembra rendere alcuni percorsi meno scabrosi. Per poco. Ma è poco anche il tempo di vita della terra agli occhi dell'universo.

"Cuando salì de La Habana,
de nadie me despedì,
solo de un perrito chino,
que venía atras de mi.
Como el perrito era chino,

un señor me lo comprò,
por un poco de dinero,
y unas botas de charol.
Las botas se me rompieron

y el dinero se acabò,
hay perrito de mi vida
hay perrito de mi amor".

Canzoncina habanera per i bambini.

Ero appena arrivato a L'Avana e stavo smaltendomi il fuso orario in santa pace. A me dura quasi una settimana e in quella settimana non voglio farmi idee definitive su niente e su nessuno. Lo tratto come una convalescenza durante la quale svolgo operazioni minuscole, piccoli assaggi dell'arrosto che divorerò quando tornerò in salute. E quindi facevo passeggiate senza meta sul Malecón, andavo a prendermi qualcosa da bere nel tardo pomeriggio e poi mi affidavo al mio collaudato cocktail di birra leggera e melatonina. Jessy invece no. Lei dal momento che scende dalla scaletta dell'aereo si trasforma in un animale ballerino, un animale strano, che cammina facendo tacco e punta e che non ha alcun bisogno di dormire. La invidio. Quel giorno tornavo da una passeggiata senza sussulti fino all'Habana Libre e mi squillò il telefono. Dall'altra parte era Randy. Avevamo un appuntamento per l'indomani per vedere i progressi delle due cagnoline che gli avevo mandato mesi prima: si chiamavano Anais Nin e Emma Bovary. Facciamo un passo indietro. Io, tra le altre cose, allevo dei cani. I cani sono degli animali simpatici, e tutto sommato sono un modo dignitoso di procurarsi i mezzi di sussistenza. In fin dei conti vendi un cane e fai felice qualcuno, si presume, non hai alimentato l'industria bellica, non hai inquinato, non hai fatto una sanguinosa rapina a mano armata, insomma, ci si può stare. Ecco, il piano era quello di portare un po' di cani da quest'altra parte del mondo e far attecchire il primo allevamento italocubano di bovari bernesi. Il bovaro bernese è una razza di cani e non un signore svizzero che si occupa di pastorizia perciò viaggia in stiva, non canta lo jodel e non produce cioccolata. Bene, detto questo, bisognava soltanto vedere se un quadrupede dal pelo lungo e corvino trovasse una sua ragion d'essere a quaranta gradi fra i cocchi e le chiappe delle mulatte. I primi test erano incoraggianti: le due cucciole non avevano perso pelo, mangiavano come camionisti e avevano fatto secche già quattro galline di Randy mentre le superstiti, devastate dallo stress, non facevano un uovo da mesi. Nei prossimi mesi sarebbe arrivato anche il primo maschio e allora...allora sì che sarebbe cominciata la festa. Insomma, mi chiama Randy con la voce di un trapassato:

"Alessandro, ho una brutta notizia da darti."

"Randy, dimmi..."

"Non so come dirtelo, è che mi sembra tanto assurdo..."

"Su, Randy, dimmi..."

"Le cagnette."

"Morte."

"No, che morte... Le hanno rubate!"

"Oh cazzo, Randy... E com'è andata?"

"Stanotte, non so nemmeno io come... Credo che le abbiano avvicinate dal giardino e poi le abbiano sollevate per le zampe e le bernesi... Tu lo sai..."

"... Sono delle coglione... Io lo so... Non fanno la guardia nemmeno sotto le armi..."

"... Neanche un abbaio... Neanche un rumore... "

"Sono cucciole, è bastato un bocconcino e via..."

"... E ora?"

"La polizia è stata qui già tre volte. Hanno preso tutto, hanno scattato foto..."

"Quelli non faranno nulla, lo sai, no?"

"No, ma dovevo denunciarlo il furto, comunque..."

"No, certo, hai fatto bene... Tocca attivare tutti i canali... Sono le uniche due bernesi che stanno a Cuba. O le tengono per tutta la vita chiuse a casa oppure saltano fuori..."

"Già, è quello che pensavo anch'io... Comunque ho già allertato tutti i gruppi cinofili, i veterinari, gli addestratori e la frontiera..."

"Bisogna parlare con i delinquenti, io credo..."

"Si, non farebbe male..."

"Ci penso io a quelli... Ti chiamo dopo, ti faccio sapere".

Si dà il caso che a parte Randy, le amicizie più altolocate che avevo stretto nei miei tre lustri a L'Avana si muovevano nell'ambiente dello spaccio, del furto e della prostituzione. Questa cosa mi faceva disperare. Non ero io che li cercavo ma loro che mi si attaccavano, come trovassero in me il loro luogo naturale, uno che parlava la stessa lingua o roba del genere. Niente, finiva ogni volta che mi ritrovavo in salotto una delegazione della casa circondariale, che si accasciava sui divani, beveva rum, fumava. Un po' mi piaceva, sia chiaro, però certe volte, quando facevo un'uscita con gente normale, e sillabavo faticosamente l'alfabeto della legalità e della buona creanza, mi sentivo come di ritorno in un vecchio paradiso perduto. Ora era il momento di andare a rimestare in quella vecchia sentina di merda per vedere se usciva fuori qualche cane, vivo possibilmente, o qualche traccia utile al caso. Andai a casa di un paio di bossetti dell'estrema periferia di L'avana per vedere se loro potevano darmi qualche dritta. Si misero entrambi al cellulare e dopo una decina di minuti convergevano su un nome solo: Chirimbolo. Non era un nome normale, sembrava uno scioglilingua, eppure pareva appartenesse a colui il quale se la comandava in materia canina. In realtà era il re dei combattimenti fra cani, ma, a quanto pareva, non c'era quadrupede sull'isola che non fosse passato sotto la sua lente. Bene. Toccava incontrare Chirimbolo.

Chirimbolo abitava in una zona orrenda della Lisa, in una specie di alveare edificato negli anni '60, quando sembrava cosa buona e giusta mettere degli esseri umani nel minor spazio vitale possibile alzando la temperatura. Era una specie di esperimento di laboratorio. Tipo, vediamo quanto resistono? E i cubani avevano resistito a lungo. Anzi, la perversione aveva voluto che certi appartamentini fossero diventati oggetto del desiderio di molti, i quali permutavano casette mono/bifamiliari con quella spazzatura "moderna". Vabbè. Chirimbolo abitava da solo. Era un negretto alto non più di un metro e sessantacinque, sui trent'anni, con una muscolatura asciutta ed esplosiva. Aveva una vaga somiglianza con Adriano Celentano. Aveva uno sguardo penetrante e lo sapeva, perciò lo usava anche per chiedere una sigaretta. Lo sprecava, secondo me. Guardò con attenzione le foto delle cagnette.

"Che razza sono?"

"Bovaro bernese..."

"Che peso raggiungono?"

"Tra i 40 e i 60 chili...dipende da tante cose..."

"Troppo..."

"Troppo per cosa?"

"Troppo per combattere... Qui da noi combattono cani fino... Al massimo i 30/35 chili..."

"Ma figurati... Queste sono cagne da famiglia, non servono a un cazzo..."

"Neanche un po' di guardia?"

"Diciamo così: non affiderei a loro una casa..."

"Ok, ma nascono per qualcosa? Tutti i cani nascono per qualcosa..."

"... Il latte..." Biascico arrossendo.

"Eh?"

"Questi portano il latte..."

Rimase perplesso fissando il vuoto. Io continuavo ad arrossire.

"Ma dove?"

Era una domanda a cui non ero preparato. Aveva una sua fondatezza in effetti. Ma io rimasi totalmente spiazzato.

"Dove... E che ne so... Da un posto ad un altro..."

Chirimbolo fece una smorfia di rabbia.

"Tirano dei carretti... Cazzo ne so... Portano il latte... Ma non è questo ora il problema..."

"Anche mia nonna porta il latte..." Disse ridendo questa volta, per sfottermi.

"Vaffanculo Chirimbò, chiuso qui il discorso... Devo ritrovare queste due cagnette, mi puoi aiutare?"

Guardò con rinnovato disgusto quelle foto. Un essere che consumava mezzo chilo di carne al giorno senza dare nulla in cambio non era il miglior amico dell'uomo. Era un pezzo di merda da quelle parti ed era difficile controbattere. Gli spiegai sinteticamente cosa fosse successo. Era perplesso che il furto si fosse realizzato nel quartiere Santo Suárez perché era una zona tranquilla e non conosceva malavitosi di zona. Dovevano essere venuti da fuori o magari mandati da qualcuno per un furto su commissione. Avevo portato delle birre e quindi ce le bevemmo riflettendo su tutti gli aspetti della questione. Naturalmente il fatto che fossero le uniche due cagnette di bernese presenti a Cuba era un buon elemento. Se l'intera città fosse stata allertata, prima o poi le cagnette sarebbero saltate fuori. Sapevo come andavano le cose e quindi gli parlai di 400 pesos a chi me le avesse riportate e, a quella cifra, il sopracciglio del molleggiato ebbe un sussulto significativo. Non volevo fare giustizia, non volevo conoscere autori e colpevoli da mandare in galera, volevo i cani in cambio di soldi. Non c'era nessuna giustizia né equilibrio da ristabilire. Ognuno faceva il proprio lavoro anche se recitavamo in ruoli opposti della stessa commedia: c'erano i ladri e c'era il turista derubato. Un trama banale. Dopo un po' uscimmo per andare a parlare con una serie di tipi di sua conoscenza. Facemmo il giro della città ed ogni volta Chirimbolo si appartava con qualcuno, gli lasciava una fotocopia dei ritratti delle cagnette e dopo qualche minuto il tizio schizzava con la bicicletta verso chissà dove. Dopo tre ore eravamo sfiniti.

"Andiamo alla Vibora, ti faccio vedere una cosa..." Mi disse Chirimbolo, e mi condusse in una specie di deposito tra fogli di lamiere arroventate e reti arrugginite. Sentivo dei mugolii e qualche abbaio. Da qualche parte dovevano esserci dei cani.

"Questo è il mio allevamento..."

Non seppi rispondere. Dire "carino" sarebbe stata un'ipocrisia tale che mi si sarebbe deformata la faccia. Passammo per una serie di "box" fatti con rete e pali d'acciaio piantati in una terra dura e rossa. Dentro c'erano cani di razza indefinita che non accennavano neanche ad un segnale pacificatorio. Erano arrabbiati e ne avevano tutte le ragioni. Molti erano segnati sulla faccia e sul corpo. Alcuni zoppicavano in un modo che a me sembrò permanente. Per terra c'erano depositi di merda di giorni, ma era l'ultimo dei problemi.

"Quanti sono?"

"Dodici, sono tutti miei..."

"Combattono?"

"Sì, tutti..."

Li guardai ancora una volta negli occhi e mi sentii disorientato. Quei cani non mi davano neanche una delle risposte che ero abituato a ricevere guardando un cane. Tra i miei faldoni impolverati accatastati chissà in qual cantina c'era anche un diploma da Educatore cinofilo e Comportamentalista, con tanto di voto e timbri. Insomma, avrei dovuto avere coordinate per guardare quegli occhi, sangue freddo e conoscenze. Invece i metodi di cui ero infarcito che riconoscevano al cane "una mente, emozioni, istinti di specie da incoraggiare ed assecondare in una cornice gentile e mai punitiva, in un'ottica di referenza in cui l'incontro uomo/cane producesse un valore aggiunto positivo", insomma, tutti questi metodi andavano a infrangersi contro gli scogli duri e freddi di quegli occhi e di quel luogo orrendo. Se qualcuno mi avesse dato uno di quei cani da curare o risocializzare non avrei avuto nessuna idea sul da farsi. Mi sarei messo a piangere con lui, probabilmente. Sì, mi sarei messo a piangere e basta.

Per togliermi dall'imbarazzo feci alcune domande di gestione. Un po' come parlare della fine delle mezze stagioni durante il passaggio di un uragano.

"Per combattere bene devono essere incazzati..." Disse Chirimbolo.

"Chiaro... E come glielo spieghi?"

"Facile... Da voi come funziona? Da noi li mettiamo in gabbia da subito... Li teniamo isolati..." Traduzione: toglierli alla madre verso i trenta giorni e ficcarli notte e giorno in una gabbia singola senza contatti con nulla che non sia un bastone. Il loro mondo diventa un bastone che li corca senza spiegare perché.

"... Con quelli più coglioni bisogna fare il gioco del sacco..."

"Che sarebbe?"

"Tipo che metti il cane in un sacco e chiudi. Poi inizi a colpire fino a che ce la fai. Poi apri e fai attenzione. Se non si è incazzato neanche così vuol dire che è un cane que no sirve para nada..."

"E allora?"

"E allora lo butti via..."

"Chiaro..."

"È fondamentale la selezione... Lo saprai... Bisogna accoppiare quelli matti..."

"...Quelli equilibrati..."

"...Quelli equilibrati non servono a un cazzo!"

Sembrava proprio che si dovesse ridere e ridemmo. Non avevo più molte domande. In realtà il disprezzo sgorgava da tutti i miei pori ma ero un buon attore e poi mi ero accorto già da qualche anno che la curiosità era a-morale. Dissotterrava materiale promiscuo da ruminare nel pomeriggio, come i compiti a casa.

"E poi un cane deve essere resistente..." Pronunciò questa sentenza con la solennità delle dodici tavole. Non potevo che fare di sì col capo.

"... Non me ne faccio un cazzo di un cane fortissimo ma che dopo dieci minuti di combattimento non è riuscito ad ammazzare l'avversario e poco a poco perde forza... E quindi perde...!"

"Certo."

Il ragionamento aveva una logica. Tutto il resto no, ma non era il momento di andare per il sottile. Una parte di me avrebbe voluto compiere il gesto eroico e prendere a calci quel tipo fino a che non avesse sputato tutto il sangue che avevano sputato i suoi cani. Un'altra parte, invece, che ha vita propria ma pur sempre il mio nome e cognome, rimaneva incantata ad ascoltare Chirimbolo e gli riconosceva anche una certa saggezza, sorrideva quando bisognava sorridere e trovava giusto ed educato non intralciare i racconti di un appassionato. Ho smesso da tempo di cercare di capirmi.

"Domenica c'è un combattimento. Vuoi venire?"

Osservai per qualche istante il furioso combattimento che avveniva fra le mie due anime, ma andava per le lunghe e quindi bisognava pur dare una risposta.

"Ok, quando è?"

"All'alba, verso le 5,30/6 a Bauta..."

"Fino laggiù?"

"Sì, è lì che si fanno."

Pensai che in fondo non avevo ancora del tutto smaltito il fuso orario e che quindi a quell'ora ero spesso in piedi come un grillo a grattarmi.

Domenica all'alba. In direzione di Bauta. Nella vecchia Chevrolet c'erano tre umani e due canidi. I tre umani erano Chirimbolo, il veterinario Oscar ed io. I due canidi erano Terminator e Nelson. Questi ultimi due si distinguevano perché stavano chiusi in una cassa di legno con pochi buchi sulle pareti e raspavano senza sosta. Poi gemevano. Chirimbolo sembrava non provare emozioni particolari. Fumava e smadonnava per l'ora. Nient'altro. Il veterinario era un essere enigmatico: appena arrivato mi aveva guardato con ribrezzo e aveva pronunciato sette parole di numero poi si era chiuso pure lui in un silenzio agghiacciante. Le parole sembrava che le pagasse. Verso metà tragitto la macchina si fermò in una piazzola e il veterinario assunse un'aria altamente professionale. Estrasse dalla borsa due fiale ed una siringa. Chiese a Chirimbolo il peso degli atleti.

"60 libbre Terminator e 57 Nelson."

"Preso quando?"

"Alle 9."

"Mangiato?"

"Uno spuntino alle 10, ma davvero un pugno di riso... Hanno solo bevuto..."

Non fiatò più. Caricò la prima dose contando scrupolosamente le tacche che si andavano riempiendo. Non c'era bisogno che qualcuno mi spiegasse cosa stava accadendo. Lo sapevo già. Ma Chirimbolo ricordò di essere una specie di guida quella sera, quella mattina, quel giorno là.

"... Se sbagli di un niente con la dose, ci rimangono secchi..."

"Brutta storia..."

"... Si, bruttissima figura..."

"Già... Ma lo fanno tutti questo? Voglio dire: anche l'avversario sarà caricato a pallettoni come loro?"

"Sì, lo fanno tutti... Questa è la base... Poi contano le caratteristiche del cane... Un po' come in formula uno..."

"Brucerei la formula uno..."

"Io sono l'unico che fa le cose per bene... Oscar è veterinario davvero e sa come farlo..." E guardò con fierezza Oscar mentre praticava due sottocutanee semplici semplici e poi rimetteva a posto tutto l'armamentario. I cani tornarono tranquilli nella loro scatola e non notai cambiamenti significativi. Dunque Oscar era un veterinario e questa notizia non fece altro che aumentare la mia ostilità verso quel coglione. Durante il tragitto che ci separava da Bauta notai un graduale crescendo degli ululati provenienti dal retro e di pari passo un crescendo delle mie pulsazioni. Come spesso capita quando mi trovo in una situazione del cazzo in cui mi sono cacciato con le mie stesse mani, inizio ad insultarmi a bassa voce, dandomi dell'idiota e del ritardato. Quella sera ci andai pesante. Più mi avvicinavo a quell'inutile paesetto non lontano da L'Avana, più smettevo di capirmi. Quei poveracci là dietro gridavano come dannati e noi facevamo le cose per bene, con veterinario e tutto quanto. Dei professionisti. L'unica risposta che riuscii a dare a quel caos fu quella di afferrare la bottiglia di rum che avevo in una borsetta e buttare giù una dozzina di sorsi. Non avrei smesso di essere un coglione in quel modo, ma forse avrei smesso di ricordarmelo.

Arrivammo in un luogo sterrato nei pressi di Bauta. Non c'era una luce neanche per sbaglio e quindi dovemmo svolgere le operazioni essenziali sotto i fanali della macchina, poi sotto i raggi di uno spicchio minuscolo di luna. Camminammo per dieci minuti lungo un viottolo che puzzava alternativamente di piscio e di merda umana. Chirimbolo trascinava la scatola dei cani che aveva le rotelle di un passeggino. C'erano altre persone. Nessuno parlava. Si andava ad assistere ad un rito di cui sembrava ne avessero piene le palle tutti quanti. I cani erano diventati dei lupi durante una notte di luna piena. Non facevano altro che gridare una rabbia senz'anima, una rabbia chimica. In quanto a chimica io non scherzavo: la raffica di sorsi di rum che avevo dato in macchina stava riunendosi magicamente nel mio stomaco e stava rendendo ogni cosa una caricatura di se stessa. Camminavo faticosamente e in certi momenti l'azione più logica che mi sembrava il caso di intraprendere era lanciare un passo di rumba perché si unisse tutta la compagnia. Rumba? Perché no? Mi sembrava un'azione dignitosa. Non ne feci parola con Chirimbolo, ma andai segretamente su di giri. Arrivammo ad uno spiazzo che conservava gli stessi profumi del tragitto ma in cambio vantava un'istallazione improvvisata di quattro fanali potentissimi piazzati su altrettanti pali di tre metri. Quella pozza che c'era in mezzo doveva essere l'arena. La guardai per un po' di secondi, vuota di tutto quello che sarebbe accaduto di lì a qualche minuto. Era un luogo del mondo già triste, già pieno di quello che sarebbe successo. Ne ho visti parecchi di posti così, tristi e pieni di morte. E non ho assistito mai a qualche colpo di scena: la morte era attesa e arrivava. La cosa più strana che potesse succedere successe. Squillò il mio telefono. Sta lì per squillare e squillò. Chirimbolo mi guardò seccato. Feci un gesto frustrato che indicava l'imprevedibilità e l'assenza di responsabilità. Risposi.

"Amore, dove sei?"

"A bere una cosa con Chirimbolo..."

"Quello è un coglione, stai attento..."

"Sì, lo so..."

"Sento dei cani..."

"Sì, sono i cani di Chirimbolo..."

"Pare ci siano delle notizie..."

"Dimmi!"

"Un addestratore di Playa dice di aver visto in un giardino di terza e cinquantadue le cagnette"

"Sul serio?"

"Pare di sì. Randy non può andare da quelle parti fino a domani pomeriggio perché fa la lunga in ufficio..."

"Ci andiamo noi... Dopo."

"Ti aspetto?"

"Aspettami... Ci andiamo fra un po'... Ti passo a prendere dopo... Ora dormi"

"Ok... Tutto a posto, sì?"

"Tutto a posto amore mio... Ho bevuto un po'... Nient'altro."

"Ti aspetto."

Mi sentii coppie di occhi addosso ma non ci feci caso. Staccai il cellulare ma restai sulle ultime parole della telefonata con Jessy. Avevo bevuto e quindi tutto richiedeva i suoi tempi per essere processato e magicamente compreso. Compresi. Non aveva nessun senso che io stessi nel luogo in cui stavo. Non lo aveva prima della telefonata e ancor meno dopo. Ma le cose andavano più veloci della mia volontà. La gente intorno a me parlava, perfino, e formava piccoli capannelli molto ordinati per raccogliere le scommesse. Queste venivano realizzate esclusivamente in moneta nazionale e non superavano mai il corrispondente di 100 dollari. C'era un tipo che sembrava il banco centrale e che sapeva il fatto suo, anche se nascevano spontanee delle contrattazioni tra singoli nessuno. Mi si avvicinò una tipa per tastare le acque, certa che uno straniero significasse pagamenti sicuri e senza storie. La scoraggiai immediatamente dicendole che stavo là per uno studio. Mi guardò storto. Chirimbolo intanto, come un sapiente secondo del pugilato, stava massaggiando Nelson sulle giunture. Nelson per ricambiare avrebbe voluto staccargli una mano con un gesto soltanto ma era impedito da un collare d'acciaio e da una museruola da cane folle. Ne venne un crescendo di esortazioni e schiaffoni che avevano lo scopo di caricare il cane all'inverosimile. Ci volle poco a raggiungere l'obiettivo. Altri quattro urli e quella museruola e quel collare sarebbero volati come coriandoli nell'aria. Chirimbolo allentò un poco la carica. Intanto, ad una decina di metri, stessa scena di un negrone col suo Arkan. Era della stessa razza di Nelson ma aveva una pezzatura nera che lo rendeva ancor di più un cane qualunque. La rabbia era la stessa e stessa era la pietà che ogni tanto faceva capolino dietro alle nuvole dense di quello che avevo bevuto.

Fu qui che Chirimbolo sentenziò:

"Nelson è troppo nervoso..." E gli si mise a cavallo massaggiandolo sul ventre, dal torace al culo, con molta energia.

"Che stai facendo?"

"Ha l'aria che gli comprime i polmoni... E gli blocca il respiro. Non lo senti?"

"No."

Ancora un paio di minuti di massaggi forti. Poi mi ordinò di spostarmi. Ordinò a tutti di togliersi dalle palle. Allora Oscar tenne la testa di Nelson mentre Chirimbolo con mani sapienti si mise a lavorare sullo sfintere. Dopo qualche secondo quel culo emise un getto di aria e merda che coprì una linea non inferiore a cinque metri. Sembrava come se Nelson fosse una specie di animale gonfiabile a cui era stato tolto un po' di elio. In effetti dopo qualche minuto il cane cominciò a respirare senza affanno e solo allora Chirimbolo sorrise. Mi guardò e mi fece l'occhiolino.

Arrivò finalmente il momento giusto. Le scommesse avevano avuto il loro corso e nessuno sembrava avere più granché da dire agli altri umani presenti. Chirimbolo governò Nelson con uno strattone terrificante e lo stesso fece il negro. La gente fece spazio in un'area non più grande di quattro metri quadrati delimitata da assi di legno inchiodate sul lato più corto. Era il ring ma ci sarebbero voluti dei cartelli per spiegarlo. Aveva più l'aria di una baracca o di una zattera naufragata. I secondi aizzarono i due cani lasciando i loro musi a pochi centimetri di distanza. Si odiavano. Non si conoscevano ma si odiavano già a prima vista. Fu in quel momento che una forza che probabilmente aveva origine nelle mie surrenali mi diede l'impulso di intercettare lo sguardo della tipa di prima e a chiamarla verso di me.

"Siamo ancora in tempo?"

"Chi punti?"

"Arkan... 2500 pesos che vince prima delle due ore..."

La tipa rifletté un attimo, scandagliando la mia dichiarazione alla ricerca dell'imbroglio.

"Ma tu stai con Chirimbolo... E scommetti sull'altro?"

"Me la sento così e così te la propongo... Stanno per cominciare..."

La tipa diede un'altra boccata alla sigaretta di tabacco forte che aveva nella mano senza curarsi affatto della fretta e di tutto il resto.

"Si paga appena finito l'incontro e nessuna storia..."

"Non faccio storie." E le tesi la mano come fosse una scommessa tra boy scouts. Neanche la guardò. Segnò su due foglietti la stessa cifra e la sintesi del contenuto della scommessa. Li mostrò ad un tipo che stava silenzioso vicino a noi, che doveva fungere da garante, e me ne consegnò uno. Intanto i due cani erano stati sganciati e stavano spendendo tonnellate di energie nei primi approcci. C'era qualche parte di me che era estremamente fiera di essersi messa in gioco. Le pulsazioni erano salite e non sentivo neanche più l'ombra della stanchezza. Mi avvicinai a Chirimbolo che sembrava Rommel mentre scrutava il deserto.

"Che si dice?"

"È un canaccio... Non ha paura... Speriamo che non regga la lunghezza... Hai scommesso?"

"Qualcosa..."

"Bravo..."

Non dissi nulla. Non aggiunsi nulla. Nascondevo un segreto che tanto si sarebbe palesato alla fine dell'incontro. Per l'intero incontro, infatti, cercai il modo più spumeggiante con il quale sarei potuto uscire dall'imbarazzo di aver scommesso su Arkan.

Non lo trovai. Quei due poveracci intanto si stavano facendo a brandelli cercando esclusivamente nell'altro il centimetro quadrato di pelle libero per affondare il colpo mortale. Ogni volta che i denti trovavano un appiglio ne nasceva una danza che durava diversi minuti dove uno cercava di liberarsi mentre l'altro cercava un k.o. definitivo. Dopo i primi minuti subentrò la noia. Tutti guardavano con la coda dell'occhio l'incontro mentre facevano quattro chiacchiere e fumavano sigarette infinite. Tutti tranne Chirimbolo. Lui era rimasto paralizzato nella stessa posizione di partenza e studiava i movimenti dei cani come fosse prossimo alla scoperta del segreto della vita sulla terra. A modo suo era un professionista. Campava di quella roba e non lasciava niente al caso. La sua posizione mi ricordò in un lampo quella del poster di Yuppi- du ma le braccia erano lungo i fianchi e poi non aveva alcun senso farglielo sapere. Mi avvicinai di nuovo.

"È gonfio all'inverosimile... Non lo vedi?"

"Dici?"

"L'hanno bombato troppo... Quello schianta"

Incrociai per un attimo lo sguardo di Oscar, il veterinario, e quello mi restituì lo sguardo di un omosessuale colto in flagrante. Sembrava tutto normale ma pochi minuti prima quei due avevano pur sempre svuotato uno sfintere come fosse un idrante e nel mio piccolo mondo borghese quello era un evento a cui era necessario aggiungere una qualche postilla, un commento, se non altro per vincere l'imbarazzo. Stavo in un mondo in cui tutto era normale. Me ne dovevo fare una ragione. Tutto era normale ed aveva un senso ragionevole. Era il momento di dare qualche altro sorso di rum. Per quei momenti lì era stato inventato. Fu una noia interminabile, snervante. Quando sembrava che uno dei due prevalesse, ecco che arrivava, immancabile, il ribaltamento che rimetteva tutto in gioco. Dopo un'ora e quarantatré minuti, Nelson tentò un maldestro attacco sotto il collo di Arkan, ma lo fece con movimenti prevedibili e stanchi. Arkan raccolse le ultime gocce di anabolizzanti che aveva in circolo e prese con tutta la dentatura il collo di Nelson che per un attimo sembrò un cucciolo di gattino tenuto per la collottola dalla madre. Non era così. Non era la madre. Arkan cominciò a sbattere quella testa con una tale violenza che mi aspettavo si staccasse da un momento all'altro. Chirimbolo cominciò a sudare e ad assumere espressioni preoccupate. Funzionava così: se il padrone notava che la gara era segnata ed il proprio cane aveva perso, aveva la facoltà di interrompere l'incontro e di salvargli la vita. Più passavano i secondi e più tutti pendevano dalle labbra di Chirimbolo. Arkan stava facendo a pezzi Nelson e la gara non aveva più nulla da dire. Chirimbolo non ne voleva sapere. Schizzi di sangue investivano l'intera area del ring inzuppando quel terreno secco di piccole macchie bluastre. Aveva perso. Nelson aveva perso. Chirimbolo continuava a incitarlo ma quelle che avrebbero dovuto ricevere il messaggio erano le orecchie mentre quelle che avevamo davanti non erano più orecchie. Erano pezzi di spugna sfilacciati e impregnati di sangue. Arrivò un momento in cui Nelson si inchiodò paurosamente sulle quattro zampe, emise alcuni respiri terrificanti e poi assistette, insieme a tutti noi, alle sue gambe anteriori che cedevano. Guardai Chirimbolo. Stavo per scaricare tutta la mia rabbia sulla sua faccia se non avesse pronunciato la resa. Lo fece. Da qualche parte si sentì una specie di esultanza. Qualcosa di contenuto, però. Chirimbolo andò con passo veloce verso Nelson che giaceva nella posizione del parto e come in un parto respirava a fatica. Però, a differenza di un parto, non c'era nessuna vita da celebrare lì. Perdeva sangue copioso ma quella che sentii distintamente fu la frase del veterinario Oscar che diceva: "Troppo tardi". Era vivo, ma era troppo tardi. Troppo tardi COSA? Lo implorai di fare qualcosa. Il cane respirava, c'erano ancora una marea di azioni da tentare. La vita c'era ancora e tutto il resto. Andai come un forsennato a cercare un secchio di acqua. Acqua. Il freddo lo avrebbe forse rimesso un po' in sesto, magari lo avrebbe fatto reagire. Ma non c'era nessun secchio d'acqua. Chirimbolo accarezzava la zampa anteriore di Nelson e fu il primo ed unico gesto umano che gli vidi fare. Mi ostinai, quasi per principio, a cercare h_2O da qualche parte e l'unica cosa che rimediai fu una bottiglietta da 500 ml. di acqua gassata. La versai lateralmente nella bocca di Nelson ma andò a rendere ancora più un rantolo quell'affannoso entrare ed uscire dell'aria. Cercai ancora lo sguardo di Oscar e gli sussurrai che avrei pagato io qualunque cosa avesse voluto tentare sul cane. Rimase a guardarmi come ogni medico guarda un povero cristo alle prese con la morte. Fu lì che capii. Presi l'altra zampa sporca di sangue, di terra, di muco, di vergogna di esseri umani. Presi quella zampa e per alcuni minuti sentii piccole contrazioni, forse calore. Poi un silenzio ed un'immobilità che somigliavano alla pace. Stavo piangendo.

Il resto furono un numero infinito di azioni dovute. Quelle che presumo si debbano compiere in certi frangenti. Qualcuno portò una busta. Qualcuno, forse Chirimbolo, si incaricò di sollevare quel corpo e di depositarlo senza troppe tenerezze dentro la busta, qualcuno fece un nodo potente e si caricò la busta sulle spalle sparendo nell'oscurità che era quasi mattina. Stavo fumando appoggiato ad un bidone arrugginito e mi sentii bussare alle spalle. Soltanto per me era accaduta qualcosa che condannava per sempre il Pianeta Terra alla dannazione; soltanto per me ogni bambino di ogni latitudine quella notte aveva perso un granello ancora di possibilità di paradiso. Per gli altri tutto fluiva come un fiume, puzzolente sì, ma tranquillo. Qualcuno mi bussò sulle spalle e pensò che era quello il momento giusto per consegnarmi il frutto delle mie scommesse. Lo fece con uno sguardo che lasciava trasparire stima. Arrossii. Provai, per la prima volta nella vita, vergogna nei confronti di dio. Non che creda a scempiaggini del genere, ma quella mattina pensai una roba di questo tipo: e se, per un caso su un miliardo, esiste davvero qualcuno che ci guarda nascosto da qualche parte, e che abbia uno straccio di codice etico o anche soltanto semplice amore per ciò che è vivo, che cazzo starà pensando ora? Come unica risposta mi vergognai.

Ne avevo abbastanza di quel mio viaggio da esploratore nel mondo reale. Ero stanco e non sapevo neanche più che ora fosse a Roma né a L'Avana né in Mozambico. Sentivo il bisogno di accarezzare un altro essere a sangue caldo che non avesse tutta quella disperazione da mettere in circolo. Durante il viaggio di ritorno Chirimbolo non fiatò e fece bene perché mi trovavo in quello strano stato d'animo in cui uno oscilla paurosamente tra il prendere i voti e lo spaccare la testa ad una testa di cazzo. Chirimbolo era una testa di cazzo, ma ciononostante né io gliela spaccai né m'incamminai verso il convento più vicino. Sbattei la portiera della macchina una volta sotto casa, questo sì, e così volli cancellare quelle facce orrende che mi lasciai dietro come un incubo. Suonai a Jessy con l'umore di chi tira il freno d'emergenza in un treno fuori controllo.

Forse avevo sonno. Avevo attraversato quella notte come un soldato attraversa la guerra: se ha fortuna ne esce vivo, ma non può fare a meno di portarne le cicatrici per sempre. Jessy non fece domande. Avevamo smesso da tempo di farci domande stupide. Ci piaceva così e Cuba era una paese libero.

Arrivammo all'angolo tra la terza e cinquantadue che il sole era già altissimo nel cielo. Il caldo era soffocante e ci chiedeva una moltiplicazione degli sforzi per essere lucidi ed essere svegli. Non c'è niente di peggio delle ore dieci, col sole, dopo una notte in cui non hai dormito. Non riesco a pensare a niente di peggio. Era un angolo uguale a mille altri nella zona più esclusiva della città. C'era una villa che occupava i due marciapiede perpendicolari fino a raggiungere quasi la metà dell'isolato. Un villone. Aveva una ringhiera nera verniciata da poco e piante grasse verticali ad impedire la vista ai curiosi. Parcheggiammo nell'isolato successivo ed il copione era quello di far finta di essere una coppia litigiosa che stava chiarendo tutto quello che c'era da chiarire. Penso non esista copione migliore. Chi può mai pensare che due tipi che discutono e fumano dentro ad una macchina possano essere delle spie? E noi non eravamo spie. Eravamo una specie di investigatori e questo mi eccitava parecchio. Avevo sempre sognato di esserlo. Jessy uscì dalla macchina e percorse l'intero perimetro del giardino sbirciando con attenzione. Sembrava che non ci fosse nessuno anche se diversi elementi indicavano la presenza di qualche cane. C'era una ciotola d'acciaio piena d'acqua, merda rinsecchita sull'erba, una palla da pelota rosicchiata in un angolo. Ogni tanto passava qualcuno e allora noi riprendevamo immediatamente i ruoli di partenza. Era interessante litigare con Jessy: Non lo facevamo mai nella realtà e facevamo il verso a certi film che avevamo visto, presumibilmente.

Passò un'ora di reciproche accuse su nulla, intervallate da brevi ispezioni dell'ambiente. Avevamo stabilito con sicurezza che non c'era nessuno in quella casa e che un cane, quello sì, ci doveva essere, e stava chiuso all'interno della villa per paura che lo rubassero. Dopo un'ora, appunto, entrò dal cancello principale una donna negra sulla quarantina. Sbatteva le ciabatte sul marciapiede come un ballerino di tip tap. I nostri sensi si fecero acuti. Mettemmo al lavoro la vista e l'udito principalmente. Sentimmo sbattere un po' di porte e qualche frase quasi sicuramente rivolta al nulla cosmico. Poi, come fosse l'azione più semplice che un umano possa fare, la vedemmo uscire in giardino pronunciando nomi tipo: "Milly e Molly", oppure "Missy e Mossy". Erano richiami senza amore. Avrei scommesso una fortuna che quella voce odiava gli esseri che stava richiamando. Il nostro respiro si bloccò. O almeno il mio lo fece. Ero pronto ad un blitz leggendario. Osservammo due sagome trotterellare allegramente dietro alla negra e sentimmo immediatamente una specie di tuffo profondo, una cascata d'acqua tiepida che scendeva dalla gola allo sterno. Due brutti esemplari di border collie stavano accingendosi a consumare il pasto del mattino non prima di aver segnato il territorio con una serie di pisciate brevi ma intense. Due border collie. Io e Jessy ci guardammo negli occhi e sentimmo immediatamente un plaid di stanchezza avvolgerci, un plaid che adesso non aveva nessuna ragione di rimanere nascosto. Ovviamente ciascuno di noi trovò un istante per maledire colui il quale aveva confuso due bernesi con i border collie. Ma era pur sempre un esercizio ozioso. Scappammo verso casa. Bisognava dormire, non c'era altro da fare.

Ore 4 del pomeriggio. Orbita di Andromeda. Io ero sulla mia astronave monoposto mentre incalzavo col mio cannoncino a raggi alfasigma il mio nemico di sempre: Jacob Forever, voce solista del gruppo Gente de zona, che in quella dimensione aveva assunto il nome di Ausonio. Lo inseguivo da sempre perché lui era bello e ballava il reggaeton come nessuno mentre io ero un patón e morivo d'invidia. L'evento dinamico di tutta l'epopea era stata la frase pronunciata da Jessy tre eoni prima: "Ausonio è davvero carino". Da quel giorno avevo ragionato solo in termini di calibro del mio cannoncino e di capacità di devastazione del raggio alfasigma. Alle ore quattro esatte il suono della sirena di Andromeda, quella che indicava l'ora del coprifuoco si fece sempre più forte, fino ad imporsi su tutto il resto. Poco a poco diventò un suono diverso, quello di un cellulare, un Nokia, il mio, quello che si stava ricaricando in salotto mentre dormivo. Mi svegliai. Pianeta terra. Ciudad Habana. Io. Ausonio non c'era ma l'amarezza e la rabbia sì. Ora che tornavo in me ricordavo pian piano che proprio il giorno prima Jessy mi aveva detto che Jacob Forever di Gente de zona era davvero un bel ragazzo. Alla luce di quel sogno, qualche parte di me doveva averne sofferto parecchio. Vabbè. Deglutii un paio di volte e andai verso il telefono che non la smetteva di suonare.

"Ci siamo... Vestitevi che andiamo a prendere le cagnette..."

"Altri due border collie?"

"No, stavolta sono loro. Reparto Eléctrico. Due ragazzini sono andati dal veterinario di zona con le due cagnette per chiedere di che razza fossero. Il veterinario è membro del club dei Levrieri e subito ha chiamato il presidente. Abbiamo l'indirizzo. Abbiamo tutto."

Scatarrai in un fazzoletto e presi tempo. Due minuti prima stavo su Andromeda, mica al supermercato.

"Randy, dammi il tempo di mettermi una cosa addosso e arrivo."

"Sbrigati."

Agganciai. Svegliai con uno strattone Jessy e mi accorsi di non averci messo alcuna dolcezza in quello strattone. Stavo ancora facendole pagare quella dichiarazione infelice che mi costringeva da due eoni ad inseguire un altro povero cristo col mio cannoncino. Si svegliò. Sembrò eccitata e di buon umore. La prospettiva di riprendere le due cagnette la faceva sinceramente felice. Per me era quasi uguale ma è sempre preferibile recitare la parte di quello-che-si-preoccupa-per-le-cose-della-vita. Rende interessanti.

Arrivammo a casa di Randy che erano le cinque passate. Lui fremeva e sudava. Non mi sfuggì il dettaglio che avesse il machete ben installato nella cintura. Solo in quel momento pensai che ci accingevamo ad un'operazione che poteva avere dei pericoli. In termini processuali quelle cagnette erano merce rubata e noi andavamo a riprendercele. Erano ragazzi, d'accordo, ma erano ragazzi anche quelli che mesi prima avevano trucidato due vecchietti per rubare un lettore dvd. Sentii un piccolo brivido ma cercai di dissimulare davanti agli occhi di Jessy. Randy mi raccontò da capo tutta la storia e sembrava davvero che si trattasse di Anais ed Emma. Pareva che i due avessero dichiarato di averle acquistate il giorno prima da un tipo che passava da quelle parti.

Durante il tragitto non volava una mosca. Avevamo noleggiato un Westfalia del '63 che io adoravo ma sopra i trenta all'ora emetteva un muggito come fosse una vacca a cui facevano un cesareo a freddo. Ognuno ripassava la parte che avrebbe voluto interpretare davanti ai due ragazzi. A momenti ero comprensivo e paterno, in altri immaginavo di infliggere pene severissime, quasi esemplari, ai due furfantelli. Arrivammo sotto casa e ordinammo a Jessy, quasi all'unisono, di rimanere in macchina. Era di gran lunga la persona migliore là dentro ma noi eravamo gli ometti e gli ometti lasciano le donne al sicuro quando ci sono questioni da gringos. L'autista ci consegnò una bottiglia di acqua Ciego Montero che all'interno conteneva acido cloridrico aromatizzato che chiamò rum e ci ordinò di buttare giù un sorso. Lo facemmo come fosse l'azione più naturale del mondo. Tutto l'organismo alzò difese altissime all'attacco chimico di rum de la bodega ma da quella bocca non uscì neanche una goccia. Il copione prevedeva che Randy facesse la parte dell'acquirente interessato e un po' ingenuo e che noi intervenissimo sul più bello. Ci mettemmo fuori dal cancelletto arrugginito. Randy fece la parte del coglione e i ragazzetti cascarono come due idioti nella messa in scena. Quando uscirono per andare a prendere le cucciole trovarono le nostre facce da culo che li guardavano severi. Randy disse più o meno così: "Allora stronzetti, quelle due cagnette sono rubate. Quelle due cagnette sono nostre", io davo la punteggiatura con testa e bocca. "Ora possiamo fare due cose: portarvi alla polizia che vi mette dentro per qualche anno oppure no."

"Non siamo stati noi."

"No? E chi è stato?"

"Un tizio che passava da queste parti e ce le ha vendute."

"Descrivici il tipo."

"Eh... Alto, capelli lunghi... Chiari... Non mi ricordo bene..."

Intervenni io: "Senti coglione, noi non abbiamo voglia di sentire tante cazzate e non abbiamo voglia di mandare in galera nessuno.

Però possiamo farvi parecchio male e poi farvi a pezzettini, in modo che nessuno vi ritrovi... Che cazzo volete fare?"

"Noi ve le ridiamo... Non c'è problema... Ve le ridiamo"

Ci guardammo. Randy avrebbe voluto sangue e vendetta mentre io nel mio intimo mi sentivo totalmente dalla parte dei due pischelli, era più forte di me. Continuai a recitare:

"Dove stanno?"

"In una casa qui vicino."

"Ok, ora tu rimani qui con noi e lui va a prenderle. Ok? Se non torni entro tre minuti noi gonfiamo l'amichetto. Se torni con altre persone, noi gonfiamo l'amichetto, te e le altre persone, chiaro?"

Bluffavo chiaramente. Se avesse portato altre persone avrei forse battuto il record dei 100 metri piani ma comunque sembrai convincente. Erano bambini. Il più magro si incamminò con passo svelto e lo seguimmo con lo sguardo. Altra attesa. Nessuna parola. Qualcuno accese una sigaretta. Arrivò Jessy. La bloccai su un lato col braccio come avevo visto fare in qualche western. Dopo pochi secondi tornò il secco tenendo le due cagnette sotto le braccia. Erano più grandi di lui. Avevano mangiato troppo ed erano grasse.

"Eccole!" Le guardammo da tutti i lati per recitare la parte ma già da lontano avevamo visto che erano loro.

"Così ve le ha vendute un tipo..."

"Già, un pezzo di merda per 40 dollari, ci ha detto che avremmo potuto rivenderle anche per 60..."

"Affare meraviglioso..."

La mia pena non resse più. Mantenni i modi da duro ma dentro mi sciolsi. Afferrai il portafogli.

"Allora, credo ci abbiate detto molte cazzate stasera... Ma io sono uno a cui piace giocare... Ecco qui, questi sono i vostri 40 dollari... !desso sparite!"

"No, davvero, non serve."

"Prendeteli, cazzo!" Gridai.

Randy fece il gesto di bloccarmi il braccio ma era troppo tardi. Il più grosso prese i soldi ed accennò ad un mezzo sorriso. Ero contento. Era contento. Aveva begli occhi neri anche se tristi. Se ne andarono. Jessy esultò. Randy sbuffò. Hector, il figlio di Randy, accese una sigaretta e propose di andare a brindare. Io non avevo voglia. Lasciammo le cagnette a casa di Randy e con la scusa della stanchezza ci dirigemmo verso casa rapidamente. Arrivati alla Ciudad Deportiva decisi di girare a sinistra.

"Dove vai?"

"Da una parte... Ti devo far vedere una cosa"

"Ora?"

"Sì, ora."

Non c'era nessuno per strada e ci misi secondi ad arrivare dove volevo arrivare. La lamiera era la stessa e il puzzo forte come nei momenti migliori.

"Qui dentro ci sono dei cani..."

Jessy mi guardò con occhi sgranati. Non capiva.

"Ci sono dei cani che quel pezzo di merda usa per combattere..."

"E quindi?"

"E quindi, non capisci? Stanno là, soffrono, hanno occhi senza speranza..."

Jessy mi prese sotto il suo braccio. Aveva capito. Lei sapeva capire. Scoppiai a piangere. In un attimo avevo realizzato che quei cani là dentro avevano gli stessi occhi di quel ragazzo che mi fissava mentre gli davo 40 dollari. Cani senza speranza. Restai a piangere tanti minuti e per tanti minuti non riuscii a sostenere nella mia testa lo sguardo di quei cani e di quel ragazzo. Battevo la mano sulla lamiera e di risposta avevo qualche abbaio e un po' di guaiti. Sono sicuro che mi avevano riconosciuto. Sapevano che ero uno di loro. Avrei fatto un gesto patetico, avrei scavalcato e li avrei liberati tutti. Avrei fatto tutto questo ma sapevo bene che erano senza speranza e sarebbero finiti, presto o tardi, in un'altra gabbia, in un altro ring. Questo solo pensiero non riuscivo a sostenerlo. Tornammo a casa senza pensare a nulla. Non c'era nulla da pensare quella sera. L'indomani avremmo ricominciato a fare le stesse cose di sempre. La vita era una cosa così. E noi eravamo troppo vecchi per rimanere a guardarla sorpresi.

SAMMY IL MECCANICO

Birra Bucanero

Ho l'imbarazzo di parlarne come potrei averlo se fossi obbligato a parlare della mia intimità, di un amore segreto, di una vicenda che mi rende timido. La Bucanero è una birra. Scura, credo, non l'ho mai guardata, e di media gradazione. Non so veramente se sia buona. Non è affar mio tutto sommato e in certi frangenti la bontà non è una categoria che mi interessa. So che le voglio bene. So che probabilmente ci siamo cercati da sempre. Predestinati, separati alla nascita, una cosa così. Potrei inanellare una serie di ricordi patetici e strazianti di vicende nelle quali la Bucanero ha reso tutto migliore, in cui me la sono cavata o semplicemente ho trovato la strada per casa. Sembra patetico e certamente si tratta della cronaca di un disagio. Eppure riesco a parlarne soltanto in termini affettivi. Come un amore o un amico che ti tira fuori le battute migliori. Come le pagine che hai letto e conservato nella tua anima per sempre. Come una birra che smette di essere una bevanda, una chimica e un gusto, e quando entra nella tua bocca diventa immediatamente un ritorno.

Sammy fa il meccanico. Ma dire meccanico è come dire che Leonardo Da Vinci faceva il pittore. Si fa torto ad una vocazione molto più vasta e ad una complessità mentale che è il dato più evidente ed affascinante di Sammy. Il luogo in cui è possibile trovarlo in prevalenza è un'officina ricavata nel patio di una casa in stato di crollo nella zona di Santa Fè. Lì basta chiedere di Sammy e chiunque ti indica la strada. Somiglia al primo Enzo Cerusico. Brevilineo, nervoso, impulsivo, roscio. Frasi come raffiche di parole, e poi sempre quel modo scomodo di essere al mondo quando si dà l'impressione di essere dove non si vorrebbe mai stare. Gli occhi appena convergenti non gli impediscono di distrarsi ad ogni paio di chiappe che passano davanti all'officina. Ma poi il genio sta nelle parole. Dice cose immonde. Commenti che definirli volgari sarebbe far loro uno sconto. Però spiritoso davvero. Passo una mattinata da Sammy che mi rimette al mondo. Forse è rotta la pompa della benzina della mia macchina e quindi parte una fitta rete di telefonate: pezzi rubati, auto disarmate, abili speculatori. Sammy non ha pazienza. Sammy non tratta. Fa lui i prezzi e alla minima ombra manda a fare in culo l'interlocutore. Il gruppo è formato da Sammy, me, il suo "assistente" ed infiniti passanti che si fermano volentieri per qualche minuto ad insultare ed essere insultati. È un continuo riferimento al mondo dei froci. Passa uno: "Sammy, ma com'è che tutti i froci si chiamano Sammy?" – "Ah, non lo so… ma sono i froci che mettono. Quelli che prendono si chiamano tutti Rolando…". Il tipo ovviamente si chiama Rolando. Sammy non perde mai sulle battute. Poi arriva uno coperto di catenoni d'oro e ci spiega, mimandola, la tecnica della sega del vigliacco. Ridono tutti. Ha due fanali di una Skoda da vendere. Sammy li guarda con attenzione e poi dice: "Che cazzo ci faccio io?" – "E che ne so io? Se ti capita una Skoda…" – "Io non sono meccanico della Skoda, io sono meccanico della Daewoo…". Scopro in quel momento che Sammy è specializzato nella marca della mia macchina ma non sono comunque più tranquillo. Dopo due ore di non fare sostanzialmente nulla Sammy sentenzia che va benissimo se adattiamo una pompa della Peugeot. "Boh… dici? Ma siamo sicuri?" – "Certo, tranquillo…". Viene un tipo che gli porta la pompa della Peugeot. La guarda con competenza. Va bene. La smonta pericolosamente ma sembra sapere il fatto suo. Salda un cavetto rosso. La prova in un bidone arrugginito. Beve ettolitri di benzina per succhiare nella fase di avvio. Funziona.

L'assistente lo guarda ammirato e cerca di affermare delle modalità di efficienza e di prontezza, non so come dire, fuori luogo. L'assistente potrebbe lavorare con profitto in officine di tutto il mondo. Sammy no. Monta la pompa fasulla e dopo una serie di operazioni sapienti la macchina parte meglio di prima. Gli chiedo se non ci sia il pericolo che esploda. Lui dice di sì, ovviamente. Va a provarla. In quel lasso di tempo l'assistente si lamenta dicendomi che Sammy non lo paga. Cioè, mai. Non l'ha mai pagato. Dico: "E perché non te ne vai?" – "Perché si sta bene da Sammy … ha l'officina più attrezzata di L'Avana e s'impara il mestiere…"Poi mi confida che Sammy è alcolizzato. Tutto quello che guadagna va in alcol. La casa crolla, la macchina è ferma da mesi perché non ce la fa a non bere. Dice che è un coglione. Non faccio in tempo a ribattere che Sammy torna. È contento. La macchina non è esplosa. Mi fa salire. Guida lui.

Arriviamo fino a Jaimanitas. Deve comprare le sardine per il suo gatto. Il suo gatto mangia solo sardine fresche. Ne fa una sorta di vanto. Prendiamo le sardine che in pochi secondi svolgono in pieno la loro funzione: ammorbano di puzza tutto l'abitacolo. Torniamo. Sammy vuole mandarmi via con l'ultimo regalo: non gli piace come gira la chiave dell'accensione. Smonta tutto. Tira fuori viti, molle, meccanismi delicatissimi. Dopo mezz'ora dichiara che il pezzo è rotto. Bisognerà prenderne uno nuovo ma per ora a Cuba quel pezzo è inutile cercarlo: non c'è. Che fare? Sammy non si deprime. Inventa. Stacca fili e meccanismi e poi va dentro casa. Dopo qualche minuto torna con una vecchia chiave di una Singer antica. Dico sul serio. La infila in un punto e, girandola, la macchina si accende. Non chiedetemi come. Parte. Si prende cinque dollari per i lavori della giornata. Facevo prima a comprargli cinque birre tanto quella era la fine. Vabbè, parto che mi dispiace un po' lasciare quell'officina. Ci lavorerei pure io gratis tutto sommato. Ah, qualcuno, forse l'assistente, mi aveva detto che il suo soprannome è huevo, nel senso di testicolo. Non so il motivo ma era importante che si sapesse.

GIORNALISTI

Mojito

Credo che gli ingredienti siano il rum, ovviamente, la menta, forse il limone, il ghiaccio, lo zucchero. Non so, dovrei informarmi meglio ma non penso sia importante. Il Mojito è un cocktail così. Quindi è una bevanda equilibrata. Se eccedi troppo con un ingrediente allora diventa un Mojito dolciastro, un Mojito annacquato, un Mojito amaro, leggero. Non mi ha mai convinto. È la metafora di una vita equilibrata, dosabile e misurabile. Per certi versi è una bevanda cartesiana. Fa pensare a case ordinate, a uomini che hanno sempre le risposte giuste, la macchina lavata e l'appuntamento fissato per la pulizia dei denti. Esseri umani che piegano gli ingredienti ad uno scopo soltanto: il sapore perfetto. Una specie di illusione. Una specie di bolla immaginaria nella quale vivere, da bere senza pensare. Non riesco a ricordare l'ultima volta che ho chiesto un Mojito deliberatamente ma credo che devono essere passati millenni.

E Marcello si trova là. Neanche lui sa come, e non prova neppure a domandarsi perché. Sta là, su un seggiolone tra i tanti sparpagliati attorno alla pista da ballo. Da più di due ore ordina rum a ripetizione tanto per trovarsi qualcosa da fare e guarda. Lo hanno mandato a Cuba a fare quel cavolo di servizio per il giornale e non pensa più di essere stato fortunato. Quando il direttore glielo aveva comunicato, Marcello era esploso di gioia: Cuba, una settimana, tutto pagato, una pacchia. Ora non si sente più fortunato, si sente solo. Il servizio lo ha già mandato e restano quattro giorni lontani da tutto, di rum da bere, di puttane stupide, di emozioni deboli.

Solo solo non è: in realtà ha conosciuto nel suo hotel un tipo di Brescia, Piero, che l'ha preso in simpatia. Sono tre giorni che chiacchierano nella hall, vanno a mangiare qualcosa insieme, poi si salutano: uno, Piero, va in discoteca, lui, invece, torna nella sua stanza. Questa notte, però, Piero è riuscito a convincerlo: "La discoteca poi non è quella brutta bestia che credi, nessuno ti mangia, ecc. ecc.", e Marcello si è fatto forza. Ha indossato la camicia della domenica, due scarpe di vernice, un assurdo foulard, un'ombra di gelatina a significare propositi bellicosi e via. Una volta davanti al Rio Club, però, quella strana voglia d'avventura sembra averla lasciata nel taxi in cambio di una dose massiccia di paura. Sta lì e non è il suo mondo. Fuori da questo caos saprebbe comportarsi come si deve, dire quelle quattro paroline giuste alla donnina di turno, stordirla di citazioni, presentare scenari mentali illimitati, ammiccare con intelligenza. Qui no, non si può parlare, e se pure si potesse, le sue citazioni concilierebbero il sonno a chiunque. Quello che va sono i muscoli gonfi, gli sguardi cattivi, saper ballare, e per lui è un inferno. Lui che è tutto fatto di sfumature, di allusioni colte, di muscoli morti da anni. Un inferno. E si ripete: "Non ci dovevo venire, tutto questo mi deprime e non mi riprendo facilmente…". E non è tutto: si ritrova su un seggiolone con un amico che ormai è l'ombra di se stesso, un sacco di carne inutilizzabile che ha fatto il vuoto attorno a sé per la puzza di alcol che manda. Piero stanotte si è bevuto tutto ciò che era potabile nella discoteca e farebbe pena anche ad un cane rognoso: stravaccato su una seggiola che non lo contiene, puntellandosi coi gomiti, ruttando senza posa né pudore, ostenta una normalità ridicola. Marcello se lo guarda e pensa: "Cosa me ne faccio di questa specie di medusa informe?"A stento riconosce nei suoi lineamenti quelli di quel pacato signore che lo intratteneva amenamente a cena. Questo sembra il nonno stupido. E non è ancora tutto: il brutto è che Piero non si smaltisce in silenzio quel barile di rum che si è bevuto, no, ha voglia di comunicare, ha scelto Marcello per confessare tutto, per narrare tutta la sua vita, in quello stato. E così passa la pena e fa rabbia. Piero gli vomita nell'orecchio un fiume ebbro di parole scollegate e il compito di Marcello è di dire sì ogni 20/30 secondi senza capire niente, sì al vento. Un assaggio del discorso di Piero suona così:

"Io non sono un tipo... Tu lo sai, che si prende cose così (pausa) e neanche a dire che nella mia vita... Nella mia vita mi sono sempre comportato bene... È così, è la vita, lo sai come va: chi te lo mette nel culo tu devi essere prima di lui a prenderlo, no a metterlo (pausa) ora tu mi dirai... No, no, come ad esempio mio cugino Silvio, no, che Silvio, Fabio, quello là si scopa sua figlia, bene, tutti lo sanno... Hai capito che voglio dire?..."

"Sì."

"Io mi ricordo un giorno, due, cinque anni fa io gli ho detto a mia cognata di non fare una certa cosa che doveva fare nel lavoro, era aprile, no, forse settembre. Mia cognata lavora in una ditta di mobili per ufficio... Che cazzo ne so, mi pare per ufficio, da dieci, quindici anni, mica due giorni (pausa) che stavo dicendo? Insomma io non sono quello che gli altri dicono... Mi hai capito Nicola?"

"Marcello."

"Sì, Marcello... Io quando mio figlio ha fatto diciotto anni gli ho detto: mo sono cazzi tuoi! Mio figlio - non perché io sono il padre - ma tutti dicono che è un pezzo di merda. È andato a dire a quella stronza quelle cose e io che dovevo fare? Che faresti tu al mio posto?"

"Capisco, è una situazione difficile…"

Insomma, come quattr'ore di questo assurdo filo diretto con questo fantoccio. Alla fine Marcello riesce solo a capire tre cose: che si trova di fronte ad un uomo finito; che se continua ad ascoltarlo rischia di fare la stessa fine, che sente una voglia folle di essere altrove.

Per fortuna passa una ragazza bruna che con fare deciso si dirige verso Piero per salutarlo. Anche lei si rende subito conto del suo stato e guarda con occhi interrogativi Marcello.

"Ha bevuto parecchio. Sei un suo amico?"

"Amico... Lo conosco da qualche giorno."

Piero guarda nel vuoto con le palpebre semichiuse.

"Mi riconosci? -, fa lei, - Ciao, sono Mariele, ti ricordi di me?"

Lui chissà dov'è: non ha più udito, vede più che immagini, colori, sente solo l'eco delle ultime parole che ha pronunciato a Marcello: "Che faresti tu al mio posto?" Questa frase gli mulina nel cervello ancora come un disco che s'è incantato. Dopo una manciata di secondi Mariele rinuncia:

"Beh, me lo saluti tu..." E se ne va verso un'amica ad una decina di metri di distanza.

Piero resta in silenzio e Marcello non fa niente, neanche il minimo movimento, per evitare di rompere quella catatonia. Qualsiasi iniziativa sarebbe un errore: il fantoccio non ha finito di sicuro le storie da narrare, se si scuotesse riprenderebbe a dire stronzate per altre quattro ore. Gli argomenti, se i suoi possono chiamarsi argomenti e non deliri, non gli mancano, forse solo tasselli di verità in un quadro di fantasia, ma comunque capaci di rompere i coglioni anche al più paziente degli uomini. Dopo cinque minuti Piero, sempre con gli occhi nel vuoto, riprende da dove aveva lasciato:

"Mi ricordo quando ero più giovane di adesso. C'è stato un anno che portavo i baffi, poi una notte mia moglie me li ha tagliati, la stronza... Ma ci pensi che stronza?" "Davvero stronza"

"Eh, io da giovane non volevo quella donna accanto. Se è per questo neanche volevo fare quella merda di lavoro. Il giornalista volevo fare..."

"Come me."

"Sei giornalista tu?"

"E come, Piero, te l'ho detto mille volte..."

"Sì? Me l'hai detto? Quella puttana di prima me l'ha detto. Lei fa la giornalista."

"Ma che dici? Mariele?"

"Quella che m'ha salutato, che cazzo ne so come si chiama. Dov'ero rimasto? Io non ho mai tradito: ho tifato Verona da quando ero bambino e non ho mai tradito." Marcello non ascolta più: nei suoi occhi, alla tristezza e allo scoramento si è sostituita un'euforia strana. La sua testa riprende a macinare pensieri con una velocità impressionante: "Finalmente! Quella brunetta... L'avevo detto che aveva occhi intelligenti. Sai quante cose potremmo dirci... Oh, che bello, giornalista come me... pensa che bello mettere su famiglia con lei, i nostri figli, io italiano, lei cubana, un sodalizio intellettuale e in più la sua sensualità caraibica... devo parlarle!". Si alza senza neanche pensare per un istante che, almeno su un piano formale, tra lui e quell'enoteca seduta accanto che non rispondeva quasi più al nome di Piero, si stava svolgendo una cosa lontanamente simile ad una conversazione. Si alza e si dirige con un inaspettato passo sicuro verso Mariele. Lei lo guarda e gli sorride.

"Sta messo male, eh?"

"Sono quattro ore che non fa altro che parlarmi."

"E che ti dice?"

"No, niente, stronzate, cose che non hanno senso. è ubriaco fradicio e non riesce più ad ordinare i pensieri... ma solo rum"

"Sei un suo amico?"

"Be', ci siamo conosciuti qui."

"Al Rio Club?"

"No, qui a Cuba, qualche giorno fa."

"Senti, che me lo offriresti un drink?"

"Come no, cameriere?" Rivolto all'uomo che gli passa accanto con un vassoio sospeso sopra alla testa. "Due cuba libre... Grazie. Non so se è la verità, perché me l'ha detto l'ubriaco, ma tu sei una giornalista veramente?"

"Eh, una cosa giusta te l'ha detta. Sì, faccio giornalismo da qualche anno. Prima scrivevo su Granma, ora mi hanno spostato in una rivista di moda."

"Perché?"

"Non lo so... Ma mi piace la moda..."

"Già, non è male..."

"Perché t'interessa se sono una giornalista?"

"Perché anche io sono giornalista, sto qui per un servizio, e fa piacere, voglio dire... Conoscere colleghi... Scambiare... Posso domandarti cosa ci fa una giornalista come te qui dentro?"

"È un'intervista? Posso domandarti io cosa ci fa un giornalista come te qui dentro?"

"Diciamo che... Mi distraggo. M'ha costretto Piero, è la prima volta che ci vengo, poi fra qualche giorno torno in Italia. Era solo curiosità..."

"Qui da noi i giornalisti non hanno privilegi e con il giornalismo di moda non si riesce a mangiare tutti i giorni. Io devo mangiare. Qui lavoro per mangiare."

Gli occhi di Mariele sono due carboni neri che, quando si toccano certi argomenti, s'accendono di una rinnovata fiamma, decisi, una rabbia che non è di oggi, ma che sembra destinata a rimanerle negli occhi per sempre.

"Bella merda, eh?"

"Le cose devono cambiare in qualche modo, tanto..."

"Lo dicono da tempo, intanto io perdo i miei anni migliori a battere qui dentro."

"I tuoi anni migliori..."

Restano sospesi sulle ultime parole, tutti e due come pentiti di aver raggiunto subito il cuore della questione, come aver fatto l'amore prima di essersi detti il nome. Due o tre minuti di dialogo e Mariele aveva tolto il velo sulla sua vita, mostrando un dramma per intero, e a questo primo venuto, poi, questo 'collega' così lontano. Ma in un certo senso anche Marcello, volendolo o no, aveva detto molto, quasi tutto di sé: quello che non era e dove non arrivava, dando le coordinate approssimative dell'isola in cui viveva.

"Però qui nessuno si lamenta, nessuno dice niente. In Italia per molto meno, la gente esce per strada e sfascia tutto."

"È poco tempo che stai a Cuba, vero?"

"Si ma mi sono documentato a sufficienza. Penso di sapere... Non voglio essere presuntuoso, come vanno le cose qui."

"Davvero? E che sai?"

"So che c'è sempre un'alternativa al doversi ridurre a fare la puttana, con tutto il rispetto, c'è un'alternativa persino qui"

"Quale?"

"L'idea che mi sono fatto è che siete un paese, senza offesa, un po' ingenuo"

"Può darsi, anche se non credo basti una settimana per capirlo."

"Io ho questa idea, e credo che per combattere questo sistema si siano sempre usate le armi peggiori."

"Cioè?"

"Cioè si è sempre usato lo scontro, la sommossa: si è scesi in piazza, e l'unico risultato è stato quello di una repressione durissima e centinaia di morti per nulla."

"Tu stesso parlavi di scendere in piazza... Conosci altri modi?"

"Ecco, io mi sono fatto un'idea..."

"Ma quante idee ti sei fatto? Hai passato una settimana di solo pensiero!"

"Quasi. Credo che a Cuba sarebbe molto più efficace una politica di sabotaggio continuo e diversificato."

"E chi lo va a fare? Tu?"

"No, io penso che tutti i lavoratori qui non abbiano niente da perdere: possono ben rischiare uno stipendio di 15/20 dollari al mese ed iniziare a fare piccoli sabotaggi sul posto di lavoro, rendere inutilizzabili le fonti vitali dell'economia. Sarebbe un lavoro sotterraneo e graduale, non uno scontro aperto."

Marcello è tutto animato, ed è la prima volta che formula per intero questo progetto che gli gironzola per la testa da un po' di giorni. Mariele ha due occhi, due carboni neri, che oscillano tra la collera e il perdono. Si guarda Marcello dall'alto in basso: eccolo, il salvatore della patria, lo stavamo aspettando.

"E credi che nessuno ci abbia pensato?"

"Eh, non ho idea, però nessuno l'ha mai fatto. Credo che, data una situazione, i rimedi siano uguali in ogni parte del mondo"

"Molto razionale, però io non ne sono convinta…"

"Non abbiamo a disposizione niente di meglio della razionalità" e rimane sulla frase come avesse assestato un colpo magistrale da qualche parte di qualche nemico.

"Forse è vero, ma non basta per risolvere niente, non te ne accorgi?"

Arrivano i bicchieri di cuba libre che Marcello paga senza staccare gli occhi dagli occhi di Mariele. Lei continua:

"Quando tutto intorno ci parla di follia, quando non c'è niente di più irrazionale della realtà..."

"Non ti seguo su questa strada, mi dispiace. Sarà che io sono un cartesiano puro... Continuate con la vostra santería e coi vostri eroismi sterili, rimarrete sempre allo stesso punto, con gli stessi capi e a fare la stessa vita", e fa un gesto col bicchiere quasi a cercare un brindisi su questa sua ultima, meravigliosa, stoccata.

Mariele decide di ridere solo perché non crede valga la pena di assumere qualsiasi altro atteggiamento.

"Boh, spero che non verrai mai deluso e mai smentito in queste tue idee, anche se ho la sensazione che la realtà superi un po' tutti i calcoli e tutti i castelli che ci si costruiscono sopra."

Marcello si accorge che il discorso si è spinto in un pantano, tra distanze irriducibili e posizioni lontane. Ovviamente dentro di sé vede Mariele come una povera creatura ingenua, come tutti i cubani, del resto. Lei non sa, non sa neanche un centesimo di quello che sa lui. Marcello sente di venire da Marte e sente di conoscere fino in fondo tutti questi esserini che gli si agitano attorno. La discoteca, in fondo, vista da lì, non fa più paura: è come se ora la potesse controllare dopo averne conosciuto il segreto, il segreto di questa piccola gente.

Ora si guardano attorno e trovano in ogni angolo qualcosa su cui concentrare l'attenzione. Marcello pensa che in discoteca è più leggero l'imbarazzo dei tempi morti: uno può sempre guardare quello che succede, perché sempre qualcosa sta succedendo.

"Andiamo fuori." Fa lui soffocato improvvisamente dalla ressa che sente addosso.

Di fuori ci sono molte persone ed è come se per tutti i tavoli si facesse un solo discorso: partire, viaggiare, lasciare, approdare. Questo l'unico sogno che si fa a questi tavoli, ininterrottamente, da molti anni. E i tavoli, ma anche le mura, hanno assistito silenziosi ai viaggi promessi e ai viaggi rifiutati, alle eterne attese, agli occhi sicuri della gente che ha imparato ad attendere. Marcello e Mariele, come da copione, iniziano a parlare di viaggi, o più precisamente di fughe:

"Non hai mai pensato di andartene? Il nostro lavoro, in qualsiasi altro posto lo pagano bene."

"Ci ho pensato tante volte ma non l'ho mai fatto. Alla fine Cuba mi piace."

"Ma non è Cuba, è la vita..."

"La vita, lo so, ma la mia vita non è solo quello che faccio qui... e poi mi piace la mia gente: credo che tutto quello che sta succedendo non ci abbia ancora cambiati."

Da un angolo sbuca la carcassa di Piero che, in una trentina di secondi, mette a fuoco e realizza che dall'altra parte della sala c'è il suo vecchio amico e la vecchia puttana. Pericolosamente s'inoltra nella selva di tavoli dando colpi e spallate un po' a tutti. Poi, come per miracolo, arriva.

"Michele, dove cazzo eri finito?"

"Marcello, Marcello, mi chiamo Marcello. Stavo qui parlando con Mariele."

"La giornalista?"

"Sì, è una ragazza molto interessante".

Allora Piero scoppia a ridere rumorosamente. Dà una specie di pacca sulla spalla di Mariele:

"C'è cascato pure lui, eh?"

"Come vedi..." Fa lei ridendo.

"Sono cascato dove?"

"Ci sei cascato... La giornalista. Ma ti pare che qui si possano incontrare davvero giornalisti, a parte te?"

"Non è vero che sei giornalista?"

"Mi piacerebbe ma no, non sono niente."

"Ma perché tutto questo?" Fa Marcello deluso e accorato.

"Be', perché mi sono accorta che agli uomini interessa di più se dici che non fai la puttana a tempo pieno e che nella vita normale usi anche il cervello."

"E io ci sono cascato come un coglione."

"Non te la prendere, ci cascano tutti. Ci sono cascato anch'io la prima volta!" Fa Piero con atteggiamento consolatorio.

"È questo: mi sento uno dei tanti che cascano ad un giochetto."

"E perché? Chi sei invece?"

"Lascia perdere, Piero. Che bevi? C'è ancora posto da qualche parte del tuo stomaco per un bicchiere?"

"Lo troviamo, lo troviamo, non ti preoccupare."

Passano i minuti e i bicchieri diventano due, tre, quattro. Ridono. Mariele ora non è più niente. Agli occhi di Marcello non è più una collega interessante ma solo una ragazza interessante: un ché d'imprendibile, un animale di Marte che non sai se morde o se è docile, un animale che ancora non ha ricevuto un nome. Marcello sente che Mariele non è più niente. Ma pur non essendo più niente, non una giornalista, non una donna sacrificata dalle circostanze ad un mondo osceno, non due occhi di rabbia per la consapevolezza di una condizione atroce, pur non essendo più tutto questo, resta sempre qualcosa. Quell'attrazione, insomma, che era nata in apparenza per una giornalista, aveva un'altra vita, un altro oggetto. Parlavano. E più Marcello guardava Mariele, più la sua testa diceva: "No, no, no, no", e intanto una forza misteriosa diceva: "Si, si, si, si". Sì a cosa? A questa puttana bugiarda? Sai quante ne trovo di donnette così in ogni parte del mondo... e ancora un "Sì' potente, potente perché non si formulava nella sua testa a parole, ma nel suo corpo con temperature, rossori, brividi, battiti. Un po' tutto l'arsenale del mistero che nessuno ha mai guardato in volto, ma che tutti hanno conosciuto dai suoi effetti. In una mezz'oretta stava prendendo forma un'ossessione. Attutita, un po' attutita da quei due, tre, quattro bicchieri, però anche più assoluta a causa di quelli. Da qualche parte ci sono le parole di Piero, da qualche altra parte escono le sue risposte, però su un piano sconosciuto, che non è fatto di parole, si sta giocando una partita assurda. Non basta dire una partita senza regole, ma anche un gioco misterioso che forse non è un gioco. Nello schedario di Marcello non c'è la voce di quel tumulto che sente. Nel suo schedario non sa neanche cosa cercare. Con un brusco gesto della mano Marcello getta lo schedario in un angolo e insieme ordina una bottiglia per tre. E beve. Beve come avesse intuito che quella sia la strada per andare fino in fondo. In fondo a che? In fondo agli occhi di Mariele, risponderebbe se avesse una coscienza lucida, ma lucido non è e non ha risposte. E per Piero non è un problema. Lui beve, e reggerebbe altre otto bottiglie questa sera. E Mariele va piano. Capisce che potrebbe fare quello che vuole di Marcello, ma non ha voglia di farlo. Un bicchiere pieno le dura ore. È abituata ad avere potere, a volte totale, su un uomo.

Nessuno sa di cosa si stia parlando. Forse Piero ha ripreso a farneticare sul suo passato, ad accavallare discorsi e ricordi in un vomito ininterrotto di suoni. Forse Marcello risponde a tono e rilegge la sua vita nello stesso modo, con un senso critico che è andato a farsi due passi, un pudore svenuto, ed una logica che è andata in ferie per una settimana.

Mariele non ha paura e non beve. Mariele forse non lo sa, ma non si sente ingombrata da una mastodontica ossessione al giudizio, né da una mastodontica razionalità. Non ha bisogni di bere per incontrarsi comodamente su una sedia di un tavolo di una discoteca di casa sua. Non si alza e non se ne va solo per via di una strana curiosità. Lei sa di non conoscere il mondo, di non aver mai potuto prendere un aereo per vedere altri paesi, ma in un certo senso capisce che in questi due manichini ubriachi sta conoscendo città, limiti, mondi. Due pezzi di carne che si scambiano frasi come emorragie, che, senza saperlo, raccontano Europa, occidente, capitalismo, cultura, carte topografiche di un cimitero.

In un istante indeterminato della notte, Marcello si stanca di tutte quelle parole e vuole tornare su Mariele, sui suoi occhi:

"Mariele, Mariele, non te ne andare…"

"Non me ne sto andando, non mi vedi? Sto qui con voi."

"Mariele, dico nella vita."

Lei si mette a ridere. Quanto potere. "Tu sei ubriaco."

"Un po' si, ma non voglio che te ne vada."

"Ma se sei tu quello che fra poco partirà..."

"No, io voglio restare, sto bene qui."

"No, lasciatelo dire: tu stai bene là."

Dopo questo, sul tavolo scende una cappa di silenzio pesante, vischioso. La sbornia di Marcello sembra prendere pericolosamente una piega depressa, anzi no, disperata. Sente, vede passare idee, pensieri interi, parole, ma anche, ancora, quel grumo di mistero tra lo stomaco, il cuore, i polsi, le tempie. Un uragano che non parla ma che se parlasse direbbe: "Questo è solo l'inizio!". E non ci vuole stare. Come una scimmia epilettica si scuote di dosso quella tristezza e tiene Mariele fissa negli occhi:

"E questa notte?"

"Questa notte, che?"

"Non mi lasciare solo questa notte, io, io, non so stare bene da solo..."

"E con me non ti sentiresti solo?"

"...è che non voglio pensare a cosa succederebbe se tu non fossi con me...".

Mariele fissa Marcello per qualche secondo, poi fissa Piero che è in viaggio su una zattera di bottiglie in un lago senza coste, in un giorno di sole rovente, altrove insomma.

"Andiamo a casa?" Fa Marcello rivolto a Mariele come se si trattasse della sua coinquilina. Lei riflette per un minuto.

"E Piero lo lasciamo qui?"

"Ma non lo vedi? Sta bene così, lo disturberemmo."

"Devo passare prima a casa mia ad avvertire che dormo fuori."

"Devi proprio?"

"Sì."

In macchina Marcello appoggia la testa sulla spalla di Mariele e pensa che è la prima volta che incontra così fragorosamente un mistero, anzi, pensa che è la prima volta che mette la testa sulla sua spalla. Mariele pensa che prima o poi dovrà provare veramente ad entrare in qualche giornale perché scrivere non è una cosa malvagia.

"Accosti qui. Due minuti e scendo, Marcello."

Lui cade disteso sui sedili posteriori del taxi. Nella sua testa passano, nell'ordine: l'articolo scritto per il giornale, un fotogramma della faccia del direttore, voglia di vomitare, pigrizia di alzarsi, gli occhi di Piero, gli occhi di Mariele, le ultime sue parole: "Due minuti e scendo", la parola 'mistero'. Guarda l'orologio: è passato un quarto d'ora. Poi mezz'ora. Poi un'ora. Il conducente del taxi non fa altro che chiedere: "Cosa facciamo?". Marcello non fa altro che rispondere: "Aspettiamo". Mariele, quegli occhi. Perché non dovrebbe tornare? Sarebbe completamente fuori dalla logica che lei non scendesse. Pensa a quella vecchia canaglia della logica. Pensa a quella nuova canaglia del mistero. Ordina al conducente di proseguire verso casa.

GUSANOS

Birra Cacique

La Cacique costa 20 pesos cubani. Poco meno di un dollaro. Poco più di mezzo euro. Ha la lattina più brutta che abbia mai visto. La trovi nei locali più brutti che abbia mai visto. Devi trovare la strada tra te e il barman. Spostare corpi ed evitare rogne. Tenere l'attenzione sul tuo portafogli e andare dritto alla meta. La compri e senti di essere fortunato. La bevi e senti che la fortuna è una dimensione difficile da definire. Senti di essere alla periferia di tutto. Magari fosse solo di una città. Bevi e hai vinto ma hai anche perso. Lo sai. Lo sanno tutti. La Cacique è una di quelle birre strappate alla miseria. Ce ne sono parecchie. Come certi libri o certi film. Quei libri che compri e poi leggi senza avere un soldo o quei film che vai a vedere con ostinazione, nonostante lo stomaco reclami attenzioni. Una birra strappata alla miseria. E diventa bello berla. E poi, col tempo, diventa bello dimenticarne il sapore.

Eliminare le insidie di una sera come tante. L'imperativo era questo. Non c'era molto da fare e non c'era molta voglia di fare nulla. Un amico, una specie d'amico, in realtà un conoscente che mi stava particolarmente simpatico, mi aveva implorato di vederci per bere qualcosa. Mi doveva parlare. Ok, non avevo nulla da fare e quindi, perché no? L'appuntamento era ad un bar senza nome all'Avana vecchia. Era un bar dove bazzicavo spesso. Non aveva speranza. O meglio, le ultime speranze le aveva dissipate affidandole ad una macchia di azulejos sulla parete dietro al bancone che si stavano liquefacendo giorno dopo giorno, mese dopo mese, anno dopo anno. Stava entrando a vele spiegate nella categoria dei bar-che-fanno-cagare e la clientela si adeguava senza battere ciglio. Da un'avanguardia di artistucoli coi capelli arruffati si stava passando, neanche troppo gradualmente, ad una fauna più stanziale di poveracci e nullità che si parcheggiavano su un tavolo qualunque ripetendosi per una giornata intera la stessa domanda: "come cazzo pago quello che mi sto bevendo?". Interveniva quasi sempre dio in persona e quasi sempre sotto le spoglie di un altro balordo che aveva rubato cinque pesos ed era in vena di offrire. Io spesso offrivo da bere a vagonate di parassiti che mi giuravano amicizia eterna, ma non ero dio, era cosa nota, lo facevo per un senso di equità che mi saltava fuori alla diciottesima birra, non un minuto prima. Più degradava e più quel cesso di bar mi andava a genio. Ho sempre ammirato i bottegai che non leccano il culo. Nutro una forma di rispetto per loro, per quelli che stanno là a vendere la loro merce e sono svogliati, non mettono su una festicciola per ogni cliente che varca la loro porta. Questa merda è ciò che vendo: ti piace? No? Vaffanculo. Ne sono sicuro: la fine del mondo ha il sapore di quella recita che fanno i bottegai ad ogni cliente che entra. In quel bar si era lontani anni luce da una filosofia commerciale di quel tipo: semmai era una sfida di nervi. Un sottile gioco psicologico fra te e il banchista. Attraversavi tutti gli stadi della frustrazione, dell'odio, della guerra, della vendetta, del cannibalismo, per approdare in un lampo alla pace con l'umanità, alla mi casa es tu casa, al chiamami fratello per cortesia. Bella gente: uomini, senza grilli per la testa, senza mercato, senza commercio, senza cagate tipo "il cliente è sacro".

Bene, quel giorno arrivai in orario e un artista dell'orrido sembrava essere passato un momento prima a sistemare quelle quattro facce su quei quattro trespoli che scrutavano la parete davanti aspettando la morte. La scelta di birre era la solita in tutta Cuba, le stesse quattro etichette, al paradiso o all'inferno. Io ero un disco incantato: Bucanero, per togliermi dall'impaccio. Roger non era ancora arrivato. Il barista impiegò un quarto d'ora a servirmi da bere perché era impegnato in una telefonata importante e si guardava bene dall'interromperla per servire la mia faccia da culo. Giusto. Credo che al telefono fosse sua madre. Se non ho capito male le emorroidi la stavano devastando e la parola ricorrente era emorragia. Non riusciva a mettere nessuna pomata perché la zona era imbrattata di sangue che non coagulava. Che fare? Cercai anch'io, dentro di me una risposta. Non la trovai. Quando agganciò cercai anche soltanto una parola di solidarietà:

"Brutta bestia le emorroidi..."

"Porca puttana... non so più che fare... la mando all'ospedale? Almeno lì le asfaltano il culo.. tolgono... e via... ma mia madre è vecchietta e non so... birra?"

"Sì, Bucanero, certo, cazzo, le emorroidi sono un delirio: ti tolgono anche una delle poche gioie della vita..."

"Vero, verissimo, senza contare che poi cammini come uno che se lo sono inculato in dieci negri... capisci cosa intendo... non è freddissima, ci vuoi il ghiaccio?"

"No, lascia stare, dammela così..."

"È questo cazzo di freezer che stanotte si è trasformato in un microonde..."

In quel momento entrò Roger trafelato. Sembrava uno che aveva appena scippato una vecchia e cercava una posizione che non desse nell'occhio. Mi prese sotto braccio e mi portò al tavolo più infame, quello che si affacciava davanti alla porta del cesso. Era un tavolo penitenziale che non si confaceva a gente del nostro rango ma tant'è... Ordinò anche lui una birra che arrivò quando la temperatura era buona per buttare gli spaghetti. Aveva la faccia stanca, le parole stanche, il cuore stanco. Aveva una moglie che l'aveva lasciato mesi prima, ma non era quella la tragedia. Aveva deciso di andarsene da Cuba. Aveva gente a Miami che l'aspettava e basta, si era deciso. In realtà era qualche mese che stava ficcato anima e corpo in quel progetto. Non so se era un modo come un altro per riempirsi le giornate. Un impegno, uno svago, come la settimana enigmistica. Di fatto era un rebus che lo stava sfiancando. Cambiare paese non era fare-turismo. Era sorvolare rumorosamente sopra a decenni di opposizioni ideologiche, sulle variabili identità di un uomo in un popolo, era darla vinta al nemico, tradire chi, in un modo o nell'altro, condivideva il tuo sangue. Una mente minimamente intelligente sapeva bene di percorrere gli stretti sentieri di un labirinto pensato da altri, altri che non ti sono amici. E Roger lo sapeva. Roger era un uomo intelligente. Era esausto. Aveva perso una decina di chili e coi chili se n'era andata molta della baldanza con la quale stava al mondo. Non era dimagrito, era svuotato. E in quel vuoto tutte le sue anime che erano rimaste avevano ragione. Quelle che pensavano di scappare e di darsi la possibilità di sognare una vita diversa, e quelle che pensavano che scappare fosse la scelta peggiore. Solo nei libri gli enigmi avevano una soluzione giusta e le altre sbagliate. Fuori dai libri c'era l'angoscia delle cose. Quelle che non hanno seconde possibilità e sono la tua vita sul serio.

"Mi distrugge pensare ad una strada senza ritorno..."

"Conosci strade da cui si ritorna? Qualunque cosa fai, il mondo ti si sistema attorno... E non hanno previsto la marcia indietro..."

"Già... Nessuna marcia indietro...", e mi regalò quanto di più simile ad un sorriso sapesse produrre in quel momento.

Aveva deciso. Andava via. E cosa voleva da me Roger? Non lo so. Magari anche soltanto ascoltare con me quella musica che via via saliva in sottofondo e scoppiare a piangere. Voleva prendere con la fronte piena il monolite della nostalgia. Ci misi un po' a capire l'aria ma non ero mai stato un buon redentore. Non avevo mai curato nessuno. Quella onda della nostalgia, di tanto in tanto, piaceva anche a me. E allora, vaffanculo. "Altre due birre. Fredde". E allora Roger mi parlò di un davanzale a Marianao dove aveva visto, secoli prima, la più bella donna del mondo. Io gli raccontai del mio primo, unico grande amore: una tipa con la quale al ginnasio mi scambiavo solo lunghissime occhiate dalla finestra del cortile interno della scuola. Mai conosciuta. Mai baciata. Amore. "Ci crederesti?" – "Ci credo sì... Al diavolo le puttane!" Acconsentii malvolentieri a questo assurdo brindisi. Avevo un gran concetto delle puttane, in realtà. Mi avevano sostenuto come si sostiene un paralitico in certi momenti della mia vita e ora le mandavo al diavolo. Siamo fatti così, è più forte di noi: se non tradiamo non siamo uomini. Parole stentoree, e poi lunghi silenzi che non avevano bisogno di nulla. Di birra, quella sì. Poi più di niente. Poco a poco tutto in quel bar trovava senso. Mi ero sbagliato: quella gente non aveva paura di non poter pagare il conto. Era un'idea tutta mia. Quella gente amava. O se non amava, aveva amato fino a consumarsi il cuore. E chi ha amato non ha paura più di niente. Tutt'al più abita la nostalgia, ma c'è una scelta a monte. "Quando da ragazzino camminavo per Prado mi ripetevo tutte le volte che non avrei mai lasciato questo paese, mai! E ora... eccomi qui... il gusano che cerca fortuna... bella merda, no?". Cercai di raccogliere una manciata di idee passabili ma non fu facile. Le birre stavano già lavorando nell'oscurità ed ero già da un po' nelle grinfie delle mie viltà e delle mie emozioni peggiori, quelle che mi lasciavano senza parole in attesa che la bufera passasse. Forse pronunciai qualche frase di senso compiuto ma lui non comprese. Non mi ascoltava. Ma andava bene così. Io non mi ero mai trovato a dover scappare dal mio paese. Erano interi blocchi di emozioni che non conoscevo. Ci veniva da piangere a entrambi, per malinconie diverse, ma tanto si sa, se solo fai un fischio, arriva a vagoni materiale su cui rovinarsi le giornate. Rimanemmo seduti per molto tempo. Parlando sempre più raramente. Fissavamo le rispettive lattine e cercavamo ciascuno la cima più forte per non cadere giù. Alla fine non cademmo. Ci alzammo anzi, come solo dai pachidermi ho visto fare nei documentari. Il barista non fece caso alle nostre facce. Se ne vedevano mille di facce come le nostre da quelle parti. Mentre uscivamo entrò una donna magnifica lasciando una scia di silenzio dietro di sé. Sarei potuto salire su quell'autobus che dio aveva mandato. Salire per coltivare una volta ancora quella meravigliosa illusione del vento in poppa, della vita e del suo senso, conoscere un altro mondo nelle labbra e in quel libro di storia che ogni donna porta con sé. Roger mi fece strada e poco a poco sparì senza neanche farmi un saluto vero e proprio. In fondo a cos'altro siamo votati se non ad una convincente occupazione della mente: un gioco, l'amore, il lavoro, la settimana enigmistica, l'istinto d'eternità, la religione, per prendere in giro la disperazione e morire prima che lei ci trovi? No?

EL NIÑO

Planchao'

È un problema di segmenti-di-mercato. Immagino riunioni accaldate e un tipo che espone il prodotto a facce perplesse. Segmenti-di-mercato. Nato da qualche anno, il Planchao` (stirato) è un prodotto privo di senso in un mondo non abitato da uomini. Immagina un Tetrapak (così credo si chiami quella confezione di cartone del latte da un litro) però minuscolo, un quarto di litro ma forse anche meno. Dentro un rum orrendo. Fuori una grafica realizzata da un passante mutilato. Diresti: un suicidio commerciale. Invece no. Il Planchao` vende. A chi? Al suo segmento di mercato. Quale? A quelli che hanno pochi soldi e vogliono ugualmente entrare in discoteca. Hanno i soldi per il biglietto ma non quelli per bere e quindi si ficcano una confezione di Plachao` nelle mutande (una volta scollati gli angoli si stira e diventa una specie di sfoglia sottile) e vanno a dare sorsate nei bagni. Sembra un delirio ma è così. Tutto vero. Segmento-di-mercato. La scena più triste è quando i bevitori clandestini di Planchao` vengono scoperti. Un momento difficile per tutti. Una mezza sconfitta dell'umanità. Ma nessuno lo sa. Lo so io che li guardo, straniero al di sopra di ogni sospetto, mentre palpeggio e pregusto il mio Planchao` caldo che mi punge l'inguine.

Il bambino era un pezzo avanti con la crescita: a due anni già sparava a tradimento i fendenti di un negro, diceva distintamente pinga e singar, strizzava i capezzoli a qualunque donna gli stesse a tiro e, alla domanda: " Com'è la posizione da guapo?", lui incrociava le braccia e guardava male il mondo. Poi era bellissimo. Aveva due occhi enormi e puliti, riccioli castani e tutta la forza di un bambino nato per strada. Sua madre stava in Italia a mettere insieme qualche soldo per il suo futuro mentre il padre, a diciott'anni, viveva le contraddizioni di un'età imprecisata che non è un numero ma qualcosa di molto simile ad un malessere per il quale non esiste una cura. Passavo spesso da loro. Passavo un po' di tempo. Bevevo caffè. Leggevo e rileggevo le riviste consunte dei tatuaggi che faceva il fratello, ascoltavo le ultime storie del barrio, le ultime frontiere della microdelinquenza. Oziavo. Ogni tanto usciva fuori qualche bottiglia di rum o della birra e quindi, dopo qualche bicchiere, iniziava a prendere corpo l'idea di un nuovo tatuaggio. Andava sempre così. Da sobrio mi sentivo un vecchio coglione che non aveva più simboli o messaggi da mandare al mondo, mentre da ubriaco sentivo importante che qualche tizio sapesse, che ne so, che mi identificavo molto in questo o in quello. Ultimamente mi orientavo sempre più pericolosamente verso i tatuaggi più ingenui, tipo il cuore col nome di una donna piazzato nel centro, ma dai tempi dell'asilo mi avevano insegnato che non si tatua mai il nome di una donna, a meno che non sia quello di tua madre o della vergine Maria. Ora, mia madre era a riposo e non era giusto chiamarla ancora in ballo dopo che aveva faticosamente condotto alla maggiore età un ceffo del mio calibro, mentre la vergine Maria non sapevo neanche chi fosse e per quel poco che sapevo mi faceva orrore. Quindi, boh, ero a corto di ispirazione, o di riferimenti o di cose che non passassero via con un colpo di vento. Era uno di quei pomeriggi molto pigri, era la vigilia del giorno delle madri, che a Cuba ha un valore incredibile. A Cuba le madri hanno un valore incredibile. Tengono per i coglioni un'isola intera ma in effetti è giusto così perché sono le uniche che valgano qualcosa. Però quella deferenza e quella retorica che si respirano intorno a quella data sono per me come una carriola piena di merda o giù di lì. Quel pomeriggio comunque la gente si preparava al grande giorno e quindi stava a casa a sgrassare i pavimenti, sterminare generazioni di scarafaggi e a giustiziare suini. Tutti erano più buoni, lo diceva pure la televisione, e quindi dismettevano i panni del ladro di polli per indossare quelli, scomodi ma provvisori, del ladro di polli con un cuore. Rimanevo sempre ammirato da queste schizofreniche virate della personalità: riconoscevo gente che due giorni prima stava corcando a sangue la moglie e che ora si era passata una mano pesante di brillantina sui capelli, aveva messo al lavoro un disco di boleri rivisitati, e aveva lanciato lo sguardo dietro all'orizzonte, proprio in quel luogo in cui le parole mielose dei boleri trovavano una qualche coincidenza con la vita. Quindi camminavo e, come spesso mi capita, mi annoiavo. Si trattava di ingannare il tempo e di trastullarmi con qualcosa che non mi facesse essere testimone di un secondo alla volta fino all'ora di cena. Quasi sempre erano le chiappe che mi capitavano sotto tiro che mi uncinavano la vista e mi trascinavano come lenze da traina. Bene. Camminavo per il reparto Parraga che è un reparto uguale a mille altri, almeno fino al tramonto. Da quel momento in poi diventa un luogo contraddittorio, dove non escono le falene ma sciami di delinquenti ubriachi. Vanno sempre insieme le due cose, qui. E insieme fanno casini inimmaginabili. Comunque era ancora presto ed era tutto a posto, tutto sommato. Mi affacciai alla casa di Caridad per un saluto. Uscì fuori la figlia Kenya obbligandomi ad entrare. Il suo cartello esistenziale era "dignità" ed era una brava ragazza, troppo brava. Mi mise un bicchiere di caffè davanti al naso e guardammo per un po' insieme la novela del pomeriggio senza dire una parola. Caridad stava da qualche parte a comprare qualcosa mentre Renè stava arrivando. Renè era il mio idolo. La persona migliore che c'è al mondo.

"E il messicano?"

"Non sai niente?"

"No... Che c'è da sapere?"

"Jessy sa tutto..."

"Jessy non mi ha detto nulla"

"Sparito... Nel nulla..."

"I Messicani sono così..."

"Sì... E mi ha lasciato... Proprio quando... - Kenya cominciava a singhiozzare - ... Proprio quando... Lo stronzo mi aveva messo incinta..."

"Oh, cazzo!" Esclamai. Era una brutta storia, ma riflettendoci su c'era qualcosa che non mi quadrava: lei non aveva pancia e non avvertivo la presenza di bambini in giro. Ma quanto cacchio di tempo era che non facevo visita a casa di Caridad? Eh, forse era un anno. Forse anche qualcosa di più.

"Si è cacato sotto... Ma era un ragazzino se non ricordo male..."

"No, vent'anni."

"Be'... Neanche un vecchio, non se la sarà sentita..."

"Ma non è tutto qui... In fondo, all'idea di crescere il bambino da sola già mi ero abituata. Poi è successo il vero dramma..." In un pomeriggio così sonnolento non ero pronto a ricevere una serie di arretrati sensazionali di una telenovela appassionante. Ma quando si è in ballo si balla.

"Il dramma?"

"Erano scaduti i giorni per partorire e quello stronzo di medico decide di aspettare ancora un po'..."

"Perché?"

"Non ce l'ha detto. Forse voleva vedere se partivano le contrazioni naturalmente..."

"E non sono partite..."

"No, due giorni dopo ero ricoverata d'urgenza... Il bambino si era strozzato col cordone ombelicale..."

"Oh cazzo! Kenya, mi dispiace un casino..."

"E aveva anche sporcato dentro... sono stata a rischio setticemia per una settimana..."

"È orrendo..."

"Sì..."

Rimanemmo qualche secondo in silenzio per riprendere fiato. Nella mia testa gironzolavano fumose idee che avevano il centro nel concetto dell'imprevedibilità della vita.

"Il medico ora è sotto processo... Sai com'è Cuba sulle nascite dei bambini..."

"Se lo inculeranno..."

"Lo spero di cuore..."

"Tutto questo quanto tempo fa?"

"Il ricovero è stato a febbraio... Tre mesi fa..."

"Cazzo... Ma come sta la cosa... Voglio dire, è comunque tutto a posto per una futura gravidanza?"

"Credo di sì... Pare di sì... Ma si saprà tutto soltanto quando ci riproverò..."

"È stata una notizia orrenda..."

"Sì, ma non è finita qui..."

"No, ti prego, non dirmi che c'è altro..."

"Sì, il problema è stato che dopo un mese dall'aborto... I miei seni sono scomparsi... Ti ricordi che avevo delle belle tette io?"

"Sì, mi pare... Kenya, non sono uno che sta lì a guardare le tette di un'amica ..." Fingevo.

"Due spicchi di mandarino svuotati... Ci crederesti?"

C'era ancora qualcosa che non mi quadrava. Parlava delle sue tette in quei termini ma davanti a me avevo un seno di tutto rispetto. Pensai al miracolo dei reggiseni di ultima generazione.

"Vabbè, comunque è il minimo... Di fronte a quello che mi hai detto..."

"Di fronte un cacchio! Io sono giovane. Tu mi ci vedi già a 25 anni con due mandarini svuotati?"

"Ma non mi sembra..."

"Non ti sembra? Vai avanti..."

"Non mi sembra tutto questo svuotamento... Voglio dire..." indicando con il palmo della mano le sue tette.

"Dai, dimmi cosa vedi... Ci tengo"

"Due tette ... Voglio dire... Molto giuste..."

"Ahhh, e infatti... Me le sono rifatte!"

Non sapevo come rispondere. La mia cultura avrebbe voluto che un evento di questo tipo fosse sepolto nelle segrete buie e vergognose di un casato, quello che tutti i discendenti portano nella tomba senza farne parola. Lei si era rifatta le tette ed ora aveva ritrovato il sorriso gridandolo al mondo intero.

"Buon lavoro, mi sembra."

"Sì, mi sembra anche a me... Non sono cascata nella trappola del TANTO. Sono stata furba: ho scelto quelle anatomiche che ridisegnano la forma della tetta in modo naturale..."

"... In modo naturale... Ottima scelta..."

"Vuoi vederle?"

"Dai, non c'è bisogno... Si vedono."

"Ti vergogni? Dai, mi interessa il tuo giudizio." E si alzò la licra senza attendere un mio assenso. Guardando quelle palle ancora un po' irritate intorno ai capezzoli mi tornarono prepotenti alla mente argomenti relativi all'imprevedibilità della vita.

"Mi sembrano a posto... Ottimo lavoro." Come nel più triste avanspettacolo arrivò in quel momento Renè con un paio di bustoni pieni di cibo.

"Ehi, che sorpresa... Hai visto le tette di mia figlia? Ti ha raccontato?"

"Renè... Io... Certo, brutta faccenda... L'importante è che abbia ritrovato la voglia... Voglio dire..." Io quando sono in imbarazzo mi seppellisco in una latrina di "voglio dire".

"Hai visto il Barcellona che razza di squadra?" Renè è un malato di calcio internazionale.

"Eh? Ah, sì, fa paura davvero e Messi è un fenomeno."

"La tua Roma dove sta? Non l'ho letta... Devono aver fatto un errore di stampa..." Sfotteva.

"La mia Roma... Lascia perdere Renè... "

Guardammo tutti insieme gli ultimi minuti della novela. Kenya di tanti in tanto si sosteneva le tette con i palmi delle mani ed emetteva un sorriso soddisfatto. Me ne andai prima del tramonto per paura di essere sorpreso da un'imboscata lungo la strada di ritorno. In fondo ero pur sempre un italiano del cazzo con un cartello grande e grosso che recitava: "Italiano del cazzo pieno di soldi". Non era vero. Non era vero che avevo i soldi. Tiravo avanti con piccole donazioni, con il razionamento di Jessy e con qualche lavoretto che mi cadeva addosso. Arrivai a casa senza danni.

"Sono stato da Caridad... Non sapevo della storia di Kenya..."

"Come non lo sapevi... Te ne avevo parlato per una sera intera..."

"A me? Quando?"

"Quando l'ho saputa... Mi pare al Aljibe... Un paio di mesi fa."

Rimasi in un silenzio umiliato e frustrato. Qualcosa mi tornava alla mente tra le nebbie del passato. Invecchiavo. Passavo i pomeriggi coi miei giochini della mente e poi non mi ricordavo più un cazzo. Forse avrei dovuto cambiare qualcosa. Nell'alimentazione oppure fare dello sport. Ecco, lo sport. L'avevo fatto in modo promettente fino ai 25 anni e poi mi ero inchiodato come un paralitico.

"Dovremmo andare un po' a correre."

"Già..."

"Dico davvero... In Quinta al tramonto c'è uno spettacolo di persone che corrono..."

"Dai, domani ci andiamo." Jessy era impegnata a sistemare la casa e tagliava corto.

"Abbiamo buone scarpe da ginnastica?"

"Sì, abbiamo buone scarpe."

"Dici che dovrei prima farmi un esame del cuore?"

"Il tuo cuore sta benone, te lo dico io, è la testa quella che..."

Ci demmo un bacio convinto. Jessy leggeva bene i cartelli sottotraccia nella mia faccia e forse aveva intravisto quello che recitava "paura della morte o roba del genere". Mi voleva bene e quindi potevo dichiararmi felice. Poi in fondo era la vigilia del día de las madres ed eravamo tutti più buoni. Anch'io, tutto sommato.

RUSSI

Vodka

È sempre difficile decifrare l'anima di chi beve la Vodka, fateci caso. Se non è russo o slavo diventa un enigma, un'impresa impossibile. Se bevi Vodka hai un problema. O se non proprio un problema hai deciso di farla finita con qualcosa. Se non proprio con la vita, allora stai per dare una sterzata terrificante, una di quelle che ti lascia col corpo da una parte e la vita indietro che arranca. A Cuba bevono Vodka quelli che sono stati anni in Unione Sovietica e ti raccontano ricordi nebulosi, schizzi di allegria e poi un sorriso che muore lentamente. È come se intercettassero quel piccolo passaggio a vuoto nel passato, quella strana intimità tra due mondi costretti a parlare senza argomenti.

I russi e gli slavi, invece, bevono Vodka in un modo radicalmente diverso. Stimabile. Un braccio di ferro che dura una vita. Tra sé e la vita. Chi cede prima. Chi abbassa prima lo sguardo. Finisce sempre che sia la vita ad abbassarlo per prima. Finisce sempre che il vincitore abbia pagato la sua vittoria con la perdita dell'allegria.

Diana si passa una mano sulla cerniera con finta distrazione. Finta, finta distrazione, sono sicuro, e i due russi lì a sbavare in un tavolo di fronte alla pista da ballo. Risatine, gomitate, quei due furbacchioni emozionati all'inverosimile, spaventati, tentati, soli, felici di dare finalmente un senso a tutti quei rubli spesi per venire fino a Cuba. Diana balla, balla, distratta, guarda da tutte le parti, sembra venuta solo per ballare. Finge, finge di essere importunata dagli sguardi di quei due, gira la testa, si nasconde dietro ad una boccata di fumo. Loro ridono, ridono e guardano. Lei li fissa ogni tanto con occhi di piombo tanto per far capire chi comanda qui, l'aria che tira: "Comandano i miei occhi, ok?", e loro, pallidi, rompono la paura un'altra volta ridendo, e lei sa, e loro non sanno e bevono. E lei è davvero una tigre e le sue gambe e i suoi jeans sono una grande promessa: mulatta che cavalca bene la musica salsa come un fantino raffinato, con una noia studiata e non tocca terra ed è erotismo ed è istigazione a delinquere ed è l'occasione per bere molto più del normale. E i russi non sanno e si fanno rossi sul naso e sulle guance e sulle orecchie e uno si accende una sigaretta e sembra un divo western e l'altro porta il braccio sulla spalliera e sembra prendere fiato, e l'altro la fissa per dire: "Scegli me e non lui, ti prego, devo raccontarlo". E uno dei due tira su col naso una, due, tre volte e lascia intendere di essere a corto di coca e va al bagno e lancia un'occhiata all'amico, e lancia un'occhiata alla pista, due occhi una supplica: "Aspettami!". Lei fa una piroetta sapiente che suona come un: "Ti ho visto e non ti ho visto, comunque non me ne frega niente", e suda un poco sulla schiena e, neanche a dirlo, è più bella e non smette e tiene d'occhio quell'altro che dà il tutto per tutto, con gli occhi ovviamente, ma anche con mossette della bocca che in Russia devono essere sexy, forse, non qui. Lei sembra disgustata dalla Russia, da tutta la gente intorno, dalla musica, da questa merda di vita e incrocia un'amica e fanno due passi di ballo insieme e poi si salutano con un'occhiata e il russo si fa più sotto: non è vodka però basta per rompere gli indugi e alza il bicchiere in direzione di Diana come per brindare e brinda con l'aria e lei accenna a un sorriso e sembra una fatica enorme muovere quei quattro muscoli, abbassare lo sguardo simulando una timidezza a cui non crede nessuno. Solo il russo ci crede, che è cotto, di coca, di cuba libre, di aria di conquista, e nella testa sente tutto più accelerato: "È fatta, bravo, c'hai provato, bisogna osare nella vita, così si fa, comincia bene la vacanza", e si guarda intorno e per un attimo sente tutti gli occhi su di sé ma non è vero. Torna l'amico in postazione, tira su col naso, ha un nervosismo inutile, una pettinatura di nuovo curata e cerca di riconquistare il tempo perduto e fa lo stesso dell'amico: alza il bicchiere e brinda col cielo. L'amico cambia espressione e si fa triste e lei fa di nuovo un sorrisetto di marmo, occhi che si abbassano per contratto poi, professionista, chiede del fuoco a un biondo che sta a due passi da lei. Facce sospese dei due russi che non respirano, non vivono per qualche secondo, e lei sputa una nuvola di fumo in faccia al biondo, lo ringrazia con un sorriso, questo sì decente, e si mette in un angolo della pista a muovere il bacino, a fumare, a far finta di non avere nessuna idea precisa per la serata. I russi riprendono fiato, si scambiano qualche battuta che nessuno dei due capisce e ridono di nulla. Riacquistano con difficoltà una certa disinvoltura e poi uno parte a tradimento, corre come chiamato a rapporto dal generale, si fa sulla pista, “Sono il padrone del mondo!”, tira col naso otturandosi una narice e le parla:

“Cubana?”

e lei, distrutta:

“No, svedese!”

Lui si fa più rosso e capisce di aver fatto la domanda più stronza possibile ma lei lo perdona:

“Da quanto tempo sei a Cuba?”

“Due giorni.”

provando una specie di vergogna.

“La prima volta?”

“Sì, la prima volta. Che fai per la notte?” Fa lui audace.

“Non lo so.”

“Vogliamo stare insieme?”

“Perché no.”

Lunga pausa di tirate di sigaretta.

“Sai come funziona qui?”

“No.”

“Be’, non so come spiegarmi... Sai che qui la vita è difficile...”, facendo mossette per impietosire, da bambina ingenua e sfacciata.

“Sì, me l’hanno detto, e allora?”

“Allora che mi dai?”

“Soldi dici?”

“Eh...”

Lui crolla dentro, si vede da tutto: si gira e si rigira e vorrebbe piangere e non se l'aspettava. Lei lo sorregge:

"Però, aspetta, m'è sembrato..."

"T'è sembrato?"

"Che... Non lo so, non vorrei sbagliarmi: tu e il tuo amico tirate la coca?"

Lui si fa sorridente e rosso come un bambino sorpreso a rubare, fa si con la testa.

"E ce n'avresti un po' per me?"

"Quanta ne vuoi?"

"Quanta basta!"

Lui scoppia a ridere inutilmente. Lei lo accompagna nella risata svogliatamente.

"Ma per il mio amico, la tua amica..."

lei capisce al volo:

"Sì, aspetta."

Va a parlottare per due secondi con l'amica, tornano insieme:

"Andiamo!"

Lui fa un cenno all'amico che stava agonizzando paralizzato su un seggiolone, quello scatta, s'inventa un sorriso ed è sulla pista.

"Tutto a posto!"

"Ma non saranno mica puttane?"

"Più o meno"

"Cioè?"

"Cioè vogliono tirare un po' di coca"

"E basta?"

"E basta!"

Si danno una serie di pacche ridendo:

"Che svelti che siamo, t'ho detto che questa era la vacanza, altro che il Mar Nero..." Le due amiche sembrano stranamente nervose. Diana sussurra qualcosa nell'orecchio dell'amica poi dicono:

"Andiamo un attimo al bagno, poi usciamo."

I russi ballano con un sorriso che non vuole andarsene, padroni del mondo, si sentono liberi, si permettono passi di danza plateali, ora sì che inizia la vacanza, ora sì. Le due tornano e li prendono per mano e ridacchiano per un nonnulla e si dirigono verso l'uscita e i russi continuano ad accennare passi, salutano sconosciuti, padroni del mondo, scendono per la scala esterna della discoteca e uno mette la mano sul culo di Diana e l'altro prova un bacio fuori luogo sui capelli dell'amica e Diana tira fuori il tesserino della polizia e l'altra chiama due agenti ed escono fuori due manette, rapido con un frastuono di gomme arriva un cellulare, i due russi salgono su in cinque secondi senza capire niente. Dopo dieci secondi il cellulare se ne va.

PEPE

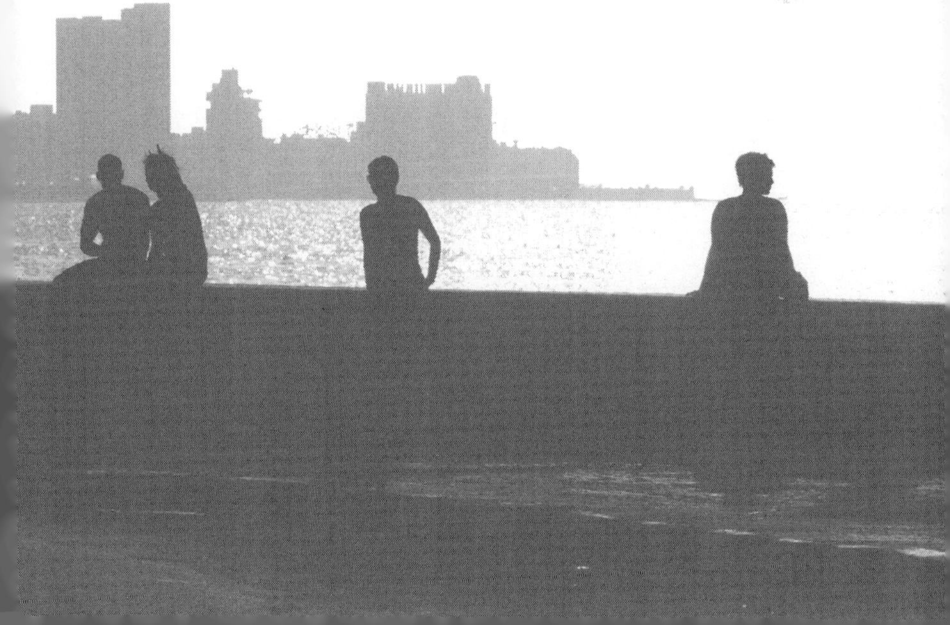

Il Rum Doppio

Non è una bevanda, è una dimensione esistenziale. Significa cose diverse. La prima che sei alcolizzato. La seconda che nutri ancora uno straccio di fiducia nell'umanità. Sembra cosa da nulla ma è lì lo spartiacque. Se chiedi un Rum-doppio vuol dire che credi ancora nel prossimo. Credi che ti si possa dare una razione che sia esattamente il doppio di una porzione singola. Nello stesso tempo metti alla prova camerieri e i mammiferi tutti. Le chiacchiere non servono. E nemmeno camerieri che facciano gli amici parlandoti della vita. Se non hanno cuore nel momento del rum doppio potrebbero assassinarti con lo stesso sorriso. Io ho il mio segreto. Il luogo è il bar dell'hotel Colina. Un bar pensato con l'unico imperativo dello squallore. Ma là c'è lei. La mia cameriera. Quella che mi ripete il suo nome proprio quando ho smesso di essere in grado di memorizzarlo. Comunque lei. Mi serve rum doppi imbarazzanti. Sono minimo tripli. Sono gratuità e mondo buono. Paradiso terrestre e leninismo. A ciascuno secondo i suoi bisogni. Me lo ripeto ogni volta e ammicco a lei, quando sbiadisce in un'ombra che cammina e mi fa pensare che il mondo sia un luogo di angeli che hanno perso la strada.

Che sia chiaro: a me Pepe piace. Tutti lo allontanano come fosse la peste perché attacca dei bottoni micidiali, però a me piace. Senza esagerare, ci parlo volentieri... E poi, quando va a ruota libera coi ricordi e coi racconti lo tronco con decisione. Pepe è un pensionato spagnolo che vive a Cuba. Passa due o tre mesi all'anno affittando una stanza a casa di una mia amica, Gloria, e ormai abbiamo una certa intimità. Il resto dell'anno lo passa a Camaguey dove ha casa. Non sono i racconti ad essere noiosi quanto gli accenni di Alzheimer che lo portano a ripetere sempre gli stessi. Sei o sette volte ha cercato di introdurmi la narrazione del suo viaggio a Modena per lavoro. Non basta dirgli: "Ah, sì, come no, me l'avevi raccontato...". Se lui è già partito è difficile fermarlo. Stava con un socio che lo ha portato a mangiare i tortellini. "Ah che delizia i tortellini..." – "Eh, come no, i tortellini come li fanno là...". Poi ha nutrito il segreto sospetto che il socio fosse mezzo mafioso. Mio sguardo di stupore. Sempre lo stesso. "Quando sono ripartito mi ha dato un bagaglio da portare in Spagna e lì ho sudato freddo...". Ancora stupore. Mia obiezione: "Ma non potevi chiedergli cosa ci fosse dentro?" – "No, ero stato suo ospite, pareva brutto...". Ok, senza attaccare un bottone a mia volta. Nonostante tutto questo Pepe mi piace. Mi fa tenerezza. È solo come un cane. Si mette sul dondolo a prendere aria sulla porta di casa e fuma sigari. Ci passa giornate intere. Ogni tanto passa qualche suo presunto amico a portargli del prosciutto, uova, frutta. Gli spagnoli sono definitivi. Dicono cose che tagliano il discorso. "Qui è buona soltanto la frutta" – "Soltanto dici?" – "E non tutta... la Guayaba, per esempio, è uno schifo...". Così, definitivo. A me la Guayaba piace da matti, solo che stimo molta la capacità degli spagnoli di fare a fettine il mondo. Questo è bello, questo è brutto. Si dichiara antirivoluzionario e quando parla di temi scottanti abbassa la voce. Pensa davvero che ci sia qualcuno che lo tenga d'occhio. Io lo ascolto. È solo. Dopo che la prima donna gli ha dato un figlio e si è fregata tutto quello che poteva fregargli, ha pensato bene di sposarsi di nuovo. Ora sta costruendo una nuova casa dalle parti di Camaguey e l'aria è la stessa: finiti i lavori Pepe verrà salutato e rispedito a L'Avana. A lui piace L'Avana. Gli domando: "E allora perché non ti trasferisci qui?" – "No, lì ho i miei cani, le mie cose, lì mi chiamano 'il matto coi cani'..." Mi domanda se conosco Dario. Gli rispondo che ne ho sentito parlare ma non l'ho mai conosciuto. Dario è un italiano di Vercelli, sulla cinquantina, che vive andando in bicicletta per tutta Cuba. Pepe sembra aver stima per Dario. Non so cosa vorrebbe trasmettermi quando mi dice che Dario gira a torso nudo sempre e inforca la bici solo nelle ore più calde. Così, ad un primo ascolto, mi verrebbe da dire: "Un idiota!". Invece, forse, c'è qualcosa di eroico che non intercetto. Altro particolare che sente il bisogno di comunicarmi è che Dario monta la bicicletta sui pullman. Gli dicono che non la può portare e lui, di tutta risposta, allunga 20 pesos. Boh. Ci rifletto ma non mi dice niente. Comunque Pepe ha una certa malinconia negli occhi che ogni tanto esce fuori. Ha un organo nella sua stanza e nel pomeriggio si mette a suonare. Mi piace sentire quella musica senza pretese che si perde nell'aria sonnolenta di L'Avana mentre sto seduto sui dondoli di Gloria a non fare niente. Dice che la musica cubana è solo rumore e che un'estate un americano, quando lui suonava col suo gruppo musicale a Maiorca, gli dava sempre 10 dollari perché suonasse una certa canzone. Lo dice ridendo. Poi il sorriso diventa qualcosa di molto lontano da un sorriso. Quando parlo con lui penso a quanto sia difficile fare pace coi ricordi. Arriva un'età in cui il presente è così sbiadito che quelli escono fuori con prepotenza chiedendo un'attenzione totale. E chiedendo di essere ripetuti più e più volte, alla prima occasione, ma anche alla seconda e alla terza. Sempre. Arriva un'età in cui si è prevalentemente passato. Totalmente passato. E si ha un'ansia di raccontarsi prima che quei milioni di fogli di pagine scritte, di giornate lontane, volino via.

BARRACUDA

Rum de Bodega

Poche chiacchiere, il vero rum è quello della bodega. È lontano anni luce dalle bottiglie di vetro. Lontano da labbra che sorseggiano e cercano di cucire un vestito di parole all'angolo tra Prado e Neptuno. Lontano dalle uniformi accorciate fin sopra al ginocchio delle cameriere svogliate. Lontano dalle risate che tintinnano intorno a discorsi vacui che allontanano la noia. Lontano da quelle facce straniere che cercano la verità della tua terra nelle crepe delle sue mura e in stupidi dettagli. E invece così prossimo alla vita che quasi la continua, senza scalini, nelle botti di plastica e nelle bocche sdentate in fila. Alcol e poco altro. Alcol e quella necessità di scivolare via. Vicino agli schiaffi ed alle scenate che nascono dal nulla. A morsi di sesso strappati a donne rifiutate e sporche. Vicino a racconti aggiustati, a ricordi ripuliti, a progetti senza capo né coda. Pochissimi pesos per questo rigagnolo di silenzio. Quello che passa lo stato. O il convento. Lontano da tutto. Vicino a ciò che piange e che non vuole prendere sonno.

Ancora non erano le sette e già il quartiere di Lawton era tutto un via vai di biciclette e macchine puzzolenti. Sembrava che davvero la gente avesse qualcosa da fare, un lavoro addirittura, rispettare qualche importante impegno. Ma chi conosceva Lawton, la gente di Lawton, sapeva che si usciva solo para comer pinga, rubacchiare qua e là, bere qualcosa, guardarsi a vicenda. Un quartiere come non ce ne sono altri al mondo. Un quartiere che, per una serie di congiunzioni astrali, ha raccolto negli anni tutta la gente più inutile di Cuba. Nessun appuntamento, nessun accordo segreto. Non avevi voglia di far nulla? Chissà come, finivi ad abitare a Lawton. Non eri buono a fare nulla? Uguale: a Lawton. Volevi vivere soltanto di sana delinquenza? Sempre Lawton. Aldo amava Lawton, per questo ed anche per altro. Per esempio perché gli stranieri non si azzardavano a metterci piede e lui odiava indistintamente tutti gli stranieri che mettevano piede a Cuba; perché sembrava una zona appena colpita da un terremoto di decimo grado e lui amava le rovine, e poi perché da quelle parti non sapevi mai se saresti arrivato vivo alla notte e a lui questa precarietà piaceva.

Quella mattina, alle sette, salutò le stesse facce che, nella stessa posizione, la sera prima, gli avevano dato la buona notte sulle sedie del portico davanti a Porvenir. Consumò uno schifoso caffè rovente all'angolo con Concepción e tornò a svegliare

Suramys. Dormiva come un bambino che gioca a fare il bambino e questo accese subito uno schizzo di rabbia in Aldo. La strattonò come fosse un soldato.

"Sveglia!"

"Qué pasa?"

"Cuba, L'Avana, pianeta terra, è tuo marito che ti parla: dobbiamo andare"

"Dónde?"

"E dónde? Su, alzati e lavati la faccia: partiamo finché ancora fa fresco."

Suramys iniziò a stropicciarsi gli occhi sempre con le movenze da niña che Aldo odiava tanto. Si alzava sempre lentamente e prendeva pieno potere di se stessa solo dopo un'ora dalla sveglia.

"Tengo sueño."

"Devi svegliarti, altrimenti non ti abituerai mai al fuso orario"

"Ma tengo sueño!"

"Ho capito, per questo ci sta il caffè."

Aldo odiava anche discutere di cose inutili e avere a che fare con la pigrizia, la fretta e la superficialità. Suramys spesso gliele proponeva tutte insieme. Dopo una decina di minuti, di smorfie e sbuffi, Suramys si alzò trascinandosi con una lentezza esagerata fino al bagno.

"Pinga! Non c'è acqua. Non c'è acqua nel tanque! Io non parto, sono tutta sudata..."

"Fa' vedere?"

Aldo provò i rubinetti. Usciva un forte spruzzo d'acqua che immediatamente diminuiva d'intensità fino a sparire.

“Ce n’è per lavarti la faccia... poi ci faremo il bagno alla Moka, è acqua dolce...”

“Cazzo, no! Io non sopporto salir de casa senza essermi lavata!”

“E oggi lo dovrai sopportare.” Fece lui spazientito.

“Pinga! Esta ciudad de mierda! No hay agua, no hay luz, pinga, pinga, pinga!”

“Falla finita e sbrighiamoci, se no suderai di più.”

“Tu e questo tuo cazzo di viaggio fino... allà lejos.”

“Senti, amore, io andavo pure da solo. Tu sei venuta a Cuba per vedere tua madre, io tua madre non me la inculo, sono qui per andare fino allà lejos! Restatene qui a L’Avana e ci rivediamo più avanti.”

“Per te è uguale?”

“Sì, voglio stare tranquillo.”

“Per me non è uguale se non ci sei tu.”

“Estupidez... ci farebbe solo bene...”

“Vabbè, mi lavo la cara... ci metto un secondo.”

Era la prima volta che Aldo tornava a Cuba dopo cinque anni, e dopo cinque anni Aldo non sapeva decidere chi fosse cambiato di più. Lawton non era cambiato di una virgola. Lo stato, l’amministrazione cittadina, si erano dimenticati che esisteva un cumulo di macerie di nome Lawton. Tutto si reggeva come i castelli di carte, tutto reggeva miracolosamente da decenni. L’Avana, Cuba, la gente, forse erano cambiati un po’, ma Aldo non riusciva ad esserne sicuro. Qualche passo verso quello che alcuni chiamano sviluppo, piccoli, orripilanti sprazzi di efficienza, ma la sensazione era che fosse una cosa esteriore, come una mano di vernice sopra ad una parete umida.

I cubani erano sempre là come Aldo li aveva amati per due

anni: malinconici, vivi, allegri, disperati, pieni di sogni, scemi, splendidamente pigri, ubriachi, innamorati. Un giorno aveva scritto proprio queste parole qui. Fu in un seminterrato di calle 25 pieno di puzza, di spazzatura, di rumori di strada, di profumi di donne, aveva scritto una poesia che, ora, stava nelle librerie di mezzo mondo. Aveva scritto perché non aveva sonno dopo aver scaricato una negretta che aveva rimorchiato al Comodoro. Qualche riga su un foglio di carta orrenda, che ora gli dava da mangiare, da bere, da vivere, e con ansia chiedeva il suo seguito.

Non era difficile allora scrivere, bastava avere due occhi da aprire, una penna a portata di mano e un cuore affamato. Bastava lasciarsi investire dal treno che uno aspetta da sempre, ed essere semplicemente sinceri. Poi ci si era messo il tempo e quella strana nebbia negli occhi, quella strana cosa che succede agli umani, di cose che si saturano, di capitoli che si chiudono, di energie che finiscono.

Forse l'unico ad essere veramente cambiato era solo Aldo: stempiato, grasso, e con due occhi che sembravano aver dimenticato la parola stupore.

E ora stava là, dietro alla macchina a chiedere alle immagini che passavano fuori dal finestrino di restituirgli un po' di vita, di allegria almeno, tracce sbiadite del proprio percorso. E accanto Suramys, la donna che più aveva amato su questa terra, trasformata negli anni in una fonte costante di malinconia e di rabbia.

"Qué se siente, Aldo, en haberse convertido en una celebridad?"

"Una mierda, Ramon, e poi chi dice che sono una celebrità?"

"Tuo libro ha llegado también qui a Cuba, questo vuol dire che è arrivato già in tutto il mondo..."

Aldo fece un sorriso senza nessuna allegria: da un po' di tempo gli era nato il sospetto che proprio il successo fosse la sua maledizione.

"Y qué haces? Stai scrivendo otro?"

"Ci provo, ma non è facile... devo ritrovare la vena, me entiendes?"

"Claro, la vena, la inspiración..."

"Exacto, esta misma..."

"Aquí en Cuba?"

"Eh, già, devo averla lasciata da qualche parte cinque anni fa..."

Ramon rise pesantemente senza staccare lo sguardo dalla strada che, però, era diritta e deserta. Suramys cercò di non incrociare lo sguardo di Aldo per pudore: sapeva bene che per lui non era un tema di conversazione come un altro: era come parlare con un malato del proprio cancro.

Sulla sinistra c'erano enormi distese di canna da zucchero e poi, subito dietro, lievi colline che esplodevano di verde più scuro. A destra, invece, il panorama era spezzato da rettangoli di terra rossa ma sembravano solo minuscoli rammendi in una tela eccellente. Di tanto in tanto, per strada, si incrociavano fermate in cui erano ordinate decine di persone impassibili sotto al sole rovente.

"Chi è quello vestito di giallo, Ramon?" Fece Aldo indicando l'uomo in uniforme gialla che ordinava la fila.

"Los amarillos. Es un lavoro: quello organizza i passaggi"

"I passaggi?"

"Si. Se tu ti fermi e dici che puoi portare una persona a Pinar, el amarillo te manda el prímero che ha segnato para Pinar... Me entiendes?"

"Guadagnano molto?"

"Una mierda, Aldo, imaginate... Toma un poquito…" E allungò ad Aldo una fiaschetta d'acciaio piena di rum della bodega.

Aldo diede un sorso e gli sembrò che quel sapore si legasse a qualcosa di bello, di lontano, di dimenticato. Rimase a riflettere per alcuni secondi ma non ricordò nulla.

"Amore, prova questo rum, non ti ricorda qualcosa?"

Suramys smise di fissare il vuoto e appoggiò meccanicamente le labbra alla fiaschetta. Fece una smorfia di disgusto.

"Rum de bodega..."

"Sì, esatto... E non c'era qualcosa legata a questo sapore?"

"La compravamo la mattina alla bodega di Diez de Octubre e c'era quella donna grassa con le mani sporche che ti vedeva straniero e ti chiedeva sempre due dollari a bottiglia quando costava solo venti pesos..."

"Sì... No, pensavo ad altro, se questo rum, in certi momenti, sia stato come la colonna sonora per certi film... Ma forse mi sbaglio..."

Suramys pensò di rispondere qualcosa, ma poi non lo fece. Nella macchina rimase soltanto il rullio assordante del motore e subito dopo l'odore forte di una Popular che Suramis si era appena accesa.

C'era un ché di assurdo in quello che stava accadendo: Aldo faticava a stare dietro a se stesso, anche se non c'era cosa che non avesse voluto. Il viaggio, quel ritorno, tutto quanto, lo progettava dal giorno che era tornato in Italia. Ma oggi, ora, sembrava un viaggio diverso, faticava a capirsi nei pensieri, a condividere i suoi stessi sguardi.

"Non capisco proprio questo viaggio, Aldo, voglio dire: sembra che se non andavamo a Maria la Gorda tu non eri contento... ma sei un niño?" Fece Suramys come mettendo insieme un discorso che rimuginava da ore.

"Andiamo a caccia di barracuda, amore..."

"A me i barracuda mi mettono paura, e poi non me ne frega niente... Non capisco perché sei così ossessionato... Parli solo di barracuda da mesi..."

"Ho un conto in sospeso coi barracuda e mi sembra che finché non lo regolo..."

"... Non si sbloccano le cose nella vita... Cazzate! Cazzate! Solo cazzate! Ti dici un sacco di cazzate!"

Aldo la fissò con rabbia affinché abbassasse il volume della voce. Suramys fece finta di non capire.

"Abbassa la voce, cazzo... Non te l'ho detto io di venire... Chiudo qui la discussione, ok?"

Forse aveva ragione lei e quelle di Aldo erano le ossessioni di un quasi-pazzo. O forse no. C'era una sensazione, fra milioni di altre perdute nella nebbia, che era rimasta là nella mente di Aldo, quasi negli occhi, come un'eclissi fissata con imprudenza senza filtri. Forse era un'illusione, ma Aldo non si era mai fatto un problema di nomi: una sensazione, un'illusione, faceva lo stesso. Una mattina di luglio di cinque anni prima, lui si era trovato un barracuda davanti agli occhi, si erano guardati per qualche secondo, poi Aldo aveva avuto paura. Semplicemente paura. Ed è come se quello fosse stato l'istante preciso in cui le cose cominciarono a cambiare. Paura, e non aveva sparato, non aveva fatto niente. Aveva osservato il barracuda stancarsi dei suoi occhi, virare lentamente sulla destra e schizzare come un fulmine nel blu scuro. Da quel giorno, da quel momento, Aldo non aveva più scritto una riga decente, aveva perso la voglia di ridere ed aveva smesso di amare. Era bello pensare, comodo forse, che ci fosse stato un momento preciso in cui tutto aveva preso un'altra direzione. Ma dietro a tutto c'era un'altra paura, che Aldo conosceva solo per sentito dire, quella di chi si accorge che non esistono cause né effetti, né cammini né carriere, né barracuda né uomini né strade che cambiano.

Erano le undici e la località di Maria la Gorda lontana anni luce. Si percorreva un'autopista decente fino a Pinar del Rio, poi iniziava una strada orrenda che negli ultimi trenta chilometri diventava indecente. C'erano ancora parecchie ore di viaggio, sempre che tutto filasse liscio, e per quelle ore Aldo non poteva fare a meno di essere Aldo, di assistere ai suoi strani pensieri, e di provare quelle sue struggenti malinconie. Arrivato a Maria la Gorda qualcosa sarebbe cambiato, ne era sicuro, là dove tutto era nato tutto sarebbe finito perché, ne era ancor più sicuro, le cose cambiano, ed esistono azioni per cambiarle, passi da fare.

Suramys era un fascio di nervi: non faceva altro che accendersi Popular e sputare nuvole di fumo densissime di tabacco fuerte. Non diceva una parola ma si capiva benissimo che dentro alla sua testa si stava svolgendo un dialogo senza respiro, e si capiva ancor meglio che nella sua testa non stava vincendo nessuno: ogni voce aveva le sue ragioni ed ognuna gridava. Anche lei stava alle prese con le sue cause. Cercava il momento in cui tutto era cambiato, il giorno, l'ora in cui Aldo aveva smesso di guardarla con amore. Il giorno, l'ora in cui tra loro si era rotto un meccanismo nascosto. Una voce le raccontava di com'era bello prima e di com'era giusto tentare ora, ancora, di ritrovare quei momenti; un'altra voce le ricordava la durezza di certe parole, l'indifferenza, le brutte emozioni attraversate negli ultimi anni. Era una lotta tra contendenti che avevano tutti ragione. E allora pur di non incagliarsi sul solito scoglio di un'amara rassegnazione, una parte di sé si lanciava alla ricerca delle cause, e un giorno ne trovava milioni, un altro nessuna. Un giorno era quell'aborto da lei non voluto, il giorno dopo questo non era più sufficiente per giustificare una disfatta; una volta era stato il ritorno in Italia a rovinare tutto, un'altra era stata quella cavolo d'ispirazione che aveva reso tutto difficile.

"Qué pasa?" Fece Aldo intuendo che Suramys era al limite di sopportazione dei suoi dialoghi interiori.

"Nada... Solo un po' nervosa... Mi passi l'accendino?"

"Stai fumando troppo."

"Sto fumando il giusto e poi non c'è altro da fare..."

Aldo provò ancora una volta a dissuaderla dal fumare, poi si girò verso il finestrino.

"Vamos a hacer una parada en la Moka, señor?" Fece Ramon dopo molto tempo che non apriva bocca. Si vedeva che era stanco, aveva gli occhi rossi e forse anche leggermente irritati dal rum.

"Claro que sí!" Fece Aldo cercando consenso nello sguardo di Suramys che, invece, mosse solo un paio di muscoli alla sinistra della bocca.

Dopo cinque minuti la macchina si inerpicò su una stradina in salita piena di curve, lasciando dietro di sé un'orribile nube nera. Ai lati era una vegetazione fitta a tal punto che non si riusciva a vedere nulla. Di tanto in tanto s'incrociavano guajiros a cavallo che salutavano con un lieve cenno della testa. Aldo era stato molte volte alla Moka e negli occhi ricordava solo il sorriso di Suramys che si tuffava, gettava i capelli indietro e ricominciava a ridere. Era felice allora, e sembrava un animale straordinario, completamente nel mondo, senza pensieri. Era uno spettacolo vederla ridere e Aldo ricordava quando la prendeva ancora bagnata fra le braccia e le stampava infiniti baci sul collo e sentiva il sapore dell'acqua dolce. Si portavano una bottiglia di rum añejo e se ne scolavano metà stando abbracciati sull'erba. E poi, piano piano, tornavano verso L'Avana senza essere ubriachi, senza essere stanchi.

Oggi la Moka era quasi un freno d'emergenza per un treno impazzito. Suramys avrebbe voluto affogare tra quelle cascate le mille voci dentro di sé. Aldo avrebbe voluto berne le acque sperando in un oblio. Non c'era spazio per un sorriso.

Bisognava lasciare la macchina nel piazzale e poi scendere a piedi lungo il viottolo fino alle cascate. Quasi nessuno conosceva la Moka e Aldo un tempo era un fanatico dei posti sconosciuti.

"Se va a dar un baño, señor?" Fece Ramon una volta sceso dalla macchina.

"Claro, y tu no te bañas?"

"No, no tengo ganas... Vi aspetto qui in macchina."

Aldo e Suramys scesero in silenzio lungo il viottolo, in fila, ordinatamente. Ramon, in realtà, aveva voluto lasciare soli i due perché pensava dovessero parlare. Avrebbe avuto bisogno di un bagno lungo un'ora in acqua gelata per riprendersi da quella borrachera che lo stava stordendo, ma si accontentò di mettere la testa sotto ad una fontanella a due passi dalla macchina.

"Ti ricordi?"

"Si che mi ricordo. Non è là dove tu sei scivolato mentre cercavi d'inseguirmi?"

Aldo fissò un punto di rocce a pelo d'acqua. Provò a ridere ma il sorriso, in genere, non prevede occhi lucidi.

"È sempre bello, non trovi?"

"È splendido... non ti ricordi quando ci lanciavamo da quella roccia là in alto e facevamo i tuffi?"

"Tu avevi sempre paura, ci mettevi mezz'ora..."

"Sì, ma poi mi buttavo... Di piedi ma mi buttavo"

I ricordi venivano su come gli zampilli d'acqua in ogni punto della cascata. Era come tornare sul campo in cui si era combattuta una guerra, senz'armi, e con gli occhi del pacifista.

"Ti ricordi quell'uccello colorato che si posò vicino a noi e non se ne voleva andare?"

"Era bellissimo: aveva la pancia blu e una coda lunghissima rossa... Non se ne voleva andare... Chissà dov'è finito..."

"Già, chissà dov'è finito..." Fece Aldo, e questa volta gli occhi gli si riempirono irrimediabilmente di lacrime. Avrebbe voluto prendere per le braccia Suramys e baciarla e dirle che l'amava sempre come prima e di più, ma avrebbe parlato a quella Suramys che si tuffava ridendo, avrebbe baciato quella Suramys lì, ed era passato troppo tempo per fare confusione. Forse il tempo era un'illusione, e tutte quelle storie sui sentimenti che cambiano, sugli amori che finiscono, erano semplice spazzatura messa dentro da anni di letture sbagliate. Condizionamenti, già, forse soltanto quelli, e bastava chiudere gli occhi un attimo, sbattere in un angolo tutto quanto e riprendere da dove si era lasciato. Forse avrebbe ripreso anche con la poesia un giorno o l'altro. Pensava questo mentre cercava di osservare tutto tranne gli occhi di Suramys: in quel momento non li avrebbe retti. Sarebbe scoppiato a piangere e forse anche lei lo avrebbe seguito. Quel fiume, quelle cascate, sembravano aver conservato un album di fotografie nitidissime, e le restituivano come sberle sull'anima. Non si è mai pronti per cose così, pensò Aldo, e poi s'immerse nell'acqua.

Tornarono alla macchina quando Ramon stava controllando la pressione degli pneumatici con uno strano marchingegno. Aveva i capelli pettinati e sembrava di nuovo riposato.

"Buen baño señor?"

"Si, ma demasiado breve."

Ramon fece un sorriso: "Qué quiere, señor, nada dura para siempre..."

Proseguirono il cammino senza intoppi. Dopo un paio d'ore arrivarono a Pinar. Si fermarono per mezz'ora e Aldo comprò un ramo di Mamoncillos da mangiare lungo la strada. Lungo la strada pensò che il Mamoncillo aveva qualcosa a che fare con la vita. Non riuscivi a capire se era aspro o dolce, ma in questa indecisione lo avevi finito. Pensò che avrebbe potuto provare a scrivere qualcosa su questo, ma pensò anche di non averne la forza. Pensò anche un mucchio d'altre cose, e Suramys continuò il suo incessante gioco tra le sue mille teste e le sue mille Popular. Ramon teneva l'orecchio sul rombo del motore e sembrava un padre premuroso che vegliava il sonno di un neonato. Per fortuna il rumore rimase le stesso fino a Maria la Gorda dove, quando arrivarono, era già notte.

Un silenzio irreale regnava sul posto. Onde minuscole si appoggiavano sulla sabbia emettendo un lieve fruscio, qualche insetto si produceva nel suo richiamo amoroso con imbarazzo, timoroso di rovinare il sonno a qualcuno.

Percorsero il vialetto d'ingresso quasi in punta di piedi e non dissero una parola fino ad arrivare alla hall. Lì c'era un uomo con la faccia piena di sonno che improvvisò un sorriso e un buenas noches cordiali.

Dopo aver scaricato i bagagli Aldo disse di non aver sonno e di voler fare due passi sulla spiaggia. Suramys lo seguì.

Camminarono l'uno accanto all'altra per dieci minuti senza dire una parola. Soltanto respiravano l'odore del mare e cercavano una certa cadenza nei loro passi.

"Ci mettiamo qui? Mi fumo una sigaretta." E si sedettero proprio a ridosso del bagnasciuga tenendo le ginocchia tra le braccia. Suramys accese la sua ennesima Popular e non appena inspirò diede subito un violento colpo di tosse.

"Non dovresti fumare..." Disse Aldo .

"Tante cose non dovrei fare, eppure le faccio..." Disse Suramys cercando di schiarirsi ulteriormente la voce.

"Ti piace qui?"

"Sì, mi piace... Ma mi piaceva di più la Moka... Che ne so: lì abbiamo ricordi. Qui abbiamo brutti ricordi."

"È vero, ma a distanza di anni i ricordi fanno tutti male, non te ne sei accorta?"

"Sì, me ne sono accorta." E gettò un sassolino nell'acqua il cui rumore spaventò qualche pesce che si trovava nei paraggi.

Era bello vedere come la luna quasi piena illuminasse ogni cosa. Le piccole increspature del mare emettevano intensi riflessi e persino le foglie degli alberi sulla spiaggia riflettevano la luce. Era bello anche sentire il rumore di Suramys che appoggiava la sigaretta alle labbra e aspirava.

"In questi anni ho sempre pensato che sapevi quello che stavi facendo... Voglio dire: in ogni situazione, anche quando facevi esperienze estreme avevo fiducia, perché ti vedevo più forte di ogni esperienza... Capisci cosa voglio dire? Oggi non lo so più..."

"I muscoli me li davano altre cose: la poesia, l'amore..."

"Ma oggi sei un poeta famoso in tutto il mondo, allora non eri nessuno…"

"Però sapevo che era solo questione di tempo... Oggi ho paura, paura che sia finito tutto."

Suramys iniziò a passare l'indice sulla sabbia e a riflettere ad ogni boccata che dava. Aldo si sentiva improvvisamente fuori contesto. In un attimo vedeva tutta la disperazione della scelta di arrivare fin laggiù per uccidere il suo barracuda e sperare che si trattasse soltanto di una specie di sortilegio. Fosse stato un altro uomo lo avrebbe giudicato come un povero pazzo, ma essendo lui quell'uomo, continuava a dare giustificazioni.

"E l'amore? Dov'è finito?" Fece Suramys a bruciapelo. Aldo si sentì investito da un'emozione simile a quella che lo aveva invaso alla Moka.

"L'amore ha bisogno di forza e di presente... Non ti ricordi? Te l'avevo scritto in una poesia... Di forza e di presente…"

"Cioè? Che volevi dire?"

"Non lo capisci? Non si può nutrire di ricordi e non può essere debole. Per esempio oggi alla Moka..."

"... Ho capito, non rovinarlo con le parole, ti prego. Oggi alla Moka non ci siamo stati... Va bene così?"

"Sì, non ci siamo stati."

"E non possiamo riprendere a stare qui oggi, a costruire presente?"

"Ci vuole forza appunto, energia, tu ce l'hai?"

"Sì, credo di sì, e tu?"

"Io non lo so. Combatto su troppi fronti e quando si combatte su troppi fronti si rischia di perdere su ognuno di essi."

Suramys diede un'ultima boccata forte alla sua Popular, poi la spense affondandola nella sabbia.

"Perciò hai deciso di sacrificare l'amore per salvare il resto, o mi sbaglio?"

"Io non ho deciso niente... Ti sembra veramente che si possa decidere qualcosa su questa terra?"

"Parli come un profeta, solo che la tua religione non serve per salvarsi."

"Già, è vero, le uniche strade che imbocco sono tutte in discesa e quelle che portano in alto le lascio perdere... Che devo fare? Devo spararmi?"

"No, sarebbe il compimento della tua religione, non pensi? Il cazzo di paradiso, o di inferno, che ti sei costruito. Prova qualunque altra cosa... Spara a quel cazzo di barracuda, poi fermati..."

"Già, sono qui per questo... Poi mi fermo, davvero."

Rimasero ancora alcuni minuti a guardare, ad osservare, a non parlare, poi silenziosamente tornarono nella stanza e dissero solo buonanotte prima di addormentarsi.

La mattina seguente si era alzata una leggera brezza che smussava la cresta delle piccole onde che si affacciavano su Maria la Gorda. Il vento stemperava anche il caldo soffocante che, in quel modo, diventava appena sopportabile. Aldo si svegliò molto presto e, senza far rumore, uscì dalla stanza per consumare una ricca colazione. Poi tornò in stanza mentre Suramys ancora dormiva e verificò il funzionamento del suo Medisten. Era un vecchio fucile ad aria compressa che, però, faceva ancora stupendamente il suo dovere. Bastava oleare il pistoncino all'interno, ingrassare le componenti meccaniche, pompare un po' d'aria per mantenere la pressione a buon livello. Aldo fece tutte queste operazioni con l'accuratezza di un chirurgo, poi scelse la punta da avvitare sull'asta del fucile. Era un'operazione delicatissima perché non tutte le punte andavano bene per qualsiasi tipo di pesce. Oltretutto, mancare un barracuda, o colpirlo soltanto di striscio, poteva diventare molto pericoloso perché non era raro ascoltare racconti d barracuda che avevano morso dopo uno sparo a vuoto. Alla fine Aldo scelse una monopunta fine con alette autobloccanti con cui aveva avuto numerosi successi su pesci di dimensioni simili al barracuda. Sciolse per intero la sagola e la esaminò centimetro per centimetro per scongiurare imminenti strappi. Poi la riavvolse con cura nei suoi passanti.

"Sei pronto?" Fece Suramys uscendo dal sonno.

"Eh... Sì, il fucile è a posto."

"E tu?"

"Io... Lo vedrò quando starò in acqua. Ho il braccio tranquillo... Ma non so se è buono per sparare a un barracuda o per scrivere una poesia."

"Magari per fare l'uno e l'altro..."

Suramys si mise seduta sul letto e fissò la luce che usciva dalla persiana per capire se era una bella giornata.

"C'è sole fuori?"

"Sì, è una giornata bellissima."

"T'aspetterò in spiaggia, allora... Non fare stupidaggini..."

"Sembra ridicolo che in una situazione come questa tu mi dica di non fare stupidaggini..."

"E tu non le fare comunque, d'accordo?"

"D'accordo."

Aldo afferrò le sue pinne, la maschera con boccaglio incorporato, il suo coltello da legare alla caviglia, il profondimetro, e per ultimo il suo fucile che maneggiava come fosse di porcellana.

"Ehi, portalo fuori dall'acqua quell' hijo de puta, ok?"

"Stanne certa, patria o muerte, venceremos!" E scoppiarono a ridere come da tempo non facevano.

Lungo il viottolo che portava alla spiaggia, Aldo incrociò Ramon che già sapeva di rum bevuto di fresco.

"Ya va a pescar señor?"

"Ya voy... Esta es la hora buena para los barracudas."

"Yo sè de ron y de pollos. De pescados no se nada, si usted lo dice... Quiere un traguito?" E offrì la solita fiaschetta ad Aldo.

"Ron? No, gracias, tengo que tener cabeza para tirar y ya ne tengo poca..."

Ramon rise allegramente, poi alzò la sua fiaschetta in aria:

"Entonces: suerte!"

"Suerte Ramon, hasta luego." E continuò a scendere verso la spiaggia.

Dentro la pelle, dentro le ossa, si annidava un tremore, come una specie di vibrazione. Aldo sapeva di che si trattava: era paura, la paura che lo attraversava nei momenti importanti e sapeva anche che non poteva mandarla via, ma trovarle uno spazio all'interno di sé, dal quale potersi godere lo spettacolo.

Arrivato all'acqua compì le operazioni preparatorie come un sub professionista: bagnò le pinne per poterle calzare comodamente, assicurò il coltello alla caviglia, il profondimetro al polso, sputò nella maschera per evitare che si appannasse e, per ultimo, immerso completamente nell'acqua, caricò il fucile.

Dopo cinque anni ricordava alla perfezione il punto in cui aveva incontrato il barracuda, ma non aveva fretta di arrivare lì. Preferì perlustrare tutto con calma fino a che il respiro non si fosse fatto lento e rilassato e le sue gambe non avessero preso il ritmo giusto. Dopo dieci minuti niente di questo era avvenuto: il respiro ancora usciva strozzato in gola, mentre le gambe, percorse dall'ansia, alternavano accelerazioni inutili, ad ingiustificati rallentamenti. C'era qualcosa di misterioso che lo portava là, a migliaia di chilometri dalla sua vita a riappropriarsi della sua vita. C'era la follia, forse? O ancora il suo contrario? C'era un barracuda che col suo sacrificio assurdo modificava il corso di una vita? O c'era solo la suggestione di un uomo reso pazzo dall'impotenza? Cos'era quel mare? E quell'acqua che gli scivolava sulla pelle? E quel corpo che lo circondava pieno di sogni al vento e di poesie che gli morivano in gola? Cos'era questo strano pianeta in cui era caduto, in cui la gente si amava e dove l'amore finiva, dove gli uomini perdevano la strada perché esisteva per ciascuno la propria strada? Cos'era quel vento, quella mattina, quel cervello che aveva in dote che cambiava colori alle cose e poi, un giorno, moriva?

Aldo iniziò a muovere le gambe con un ritmo rapido come avesse deciso di chiudere un conto. Era diretto in un punto esatto del mare, ed ora non c'era più nessun tremore, nessun'ansia, nessuna paura. Giunse al punto con un frastuono di pinne. Poi si fermò. Sentiva solo il suo respiro, prima affannato, poi, pian piano più calmo. Rimase immobile in quel punto perché qualcosa gli diceva che era in quel punto che doveva fermarsi. Era bello sentire silenzio sotto l'acqua e osservare il blu in attesa di apparizioni. Il cuore iniziò a pulsare ad un ritmo normale e il tremore era già storia vecchia. Aldo impugnò il fucile, considerò tutto quello che c'era da considerare poi smise di pensare. Rimase solo vista e udito. Così, sdraiato sull'acqua, sarebbe potuto rimanere giornate intere. Pensò a cinque anni prima e a come tutto il suo mondo era intatto. Oggi un suo mondo non c'era più e non sapeva se fosse soltanto un male. Era come se quelle sue parti che allora erano tenute al riparo dal mondo, durante quei cinque anni fossero state profanate di nascosto. Si sentiva come una chiesa sconsacrata ma si domandava se il sacro fosse un bene nella vita di un uomo. Questo pensiero lo attraversò improvvisamente, poi s'impose di nuovo di non pensare. C'era un barracuda, il barracuda, da qualche parte nel blu e doveva essere completamente presente per avere la meglio. Naturalmente riprese a pensare: pensò che il fucile da sub era un ottimo strumento, tutto sommato, più umano al confronto di altre armi. Quello da sub ha un colpo solo, che non puoi sbagliare. Si accorse che poteva essere una buona metafora per qualcosa d'importante nella vita, ma non gli venne in mente cosa.

Iniziò a riflettere sull'amore e gli venne in mente quando una volta, a vent'anni, realizzò che per il suo futuro ci sarebbe stato un numero finito di donne: dieci, venti, trenta forse, ma non tutte. Un numero finito e poi nessun'altra. Quel giorno diventò triste, oggi fece un mezzo sorriso. Si richiamò all'attenzione proprio quando vide un'ombra con la coda dell'occhio. Era una sagoma sbiadita che per un istante gli era sembrato di veder passare in lontananza. Aldo sussultò ma non perse la calma. Rimase immobile. Strinse ancora di più l'impugnatura del fucile, si assicurò che le sue dita fossero reattive. C'era una gioia strana, come quando si pensa di aver scoperto un segreto. Era pronto a tutto. Anche a morire se ce ne fosse stato bisogno.

In realtà non c'era nessun motivo per morire, ma non c'era nessun motivo neanche per essere diventato uno dei migliori poeti viventi, neanche per aver perso la vena, o l'amore. Quindi era lì con pieno diritto, all'appuntamento col barracuda, e il barracuda stava arrivando.

Vide ancora due volte un'ombra passare in orizzontale ed era un'ombra molto grande e molto veloce. Aldo allungò le braccia di fronte a sé per tenere il fucile direttamente allineato ai suoi occhi. Fece tre respiri profondi, poi s'immerse. Arrivato a sei metri si fermò. Il fucile sembrava la continuazione delle sue braccia. Fece un giro completo su se stesso e non vide niente. Rimase immobile per non consumare ossigeno. Di nuovo il barracuda fece un passaggio velocissimo alla sua destra e sparì. Aldo aveva un'altra manciata di secondi d'autonomia ma decise di tornare subito in superficie. Rimase per un paio di minuti a respirare prima dell'immersione successiva. Ormai non pensava più ma si comportava come un militare in pericolo. Respirò ancora senza distogliere lo sguardo dalla profondità. Poi fece tre larghe inspirazioni e di nuovo raggiunse sei metri. Di nuovo attento. Stavolta girò molto lentamente su se stesso per avere il maggiore campo visivo possibile. Terminato il giro vide il barracuda sfrecciare a non più di cinque metri dai suoi piedi. Era un comportamento strano: in genere i barracuda non compivano tutto quel rituale d'avvicinamento. Puntavano qualcosa, si avvicinavano, osservavano e poi decidevano se mordere o andar via. Aldo rimase ancora in attesa per trenta secondi, poi tornò in superficie lentamente. Tolse la maschera. Si stropicciò gli occhi per riattivare la circolazione là dove la maschera premeva, e se la calzò di nuovo. Lanciò uno sguardo alla spiaggia che era lontanissima, poi al sole che stava picchiando duro quel giorno. Fece tre profondi respiri e s'immerse. Questa volta si fermò a otto metri. A quella profondità la temperatura cominciava a diminuire e Aldo fece finta di non sentirla. Doveva avere la tana da quelle parti, pensò

Aldo, oppure doveva sapere dell'appuntamento, in qualche modo. Gli venne da ridere. Poi vide la sagoma scura venire nella sua direzione a velocità impressionante. Sentì un tuffo al cuore. Strinse il fucile con le due mani e lo lasciò immobile in linea coi suoi occhi. Il barracuda si bloccò a due metri da Aldo. Si guardavano. Era un esemplare molto bello e molto grande. Aldo aveva nel mirino un punto tra i due occhi. Se quello avesse attaccato, lui avrebbe sparato immediatamente. Altrimenti avrebbe atteso. Voleva che il barracuda si sentisse sicuro, che si avvicinasse ancora e per questo non doveva sparare subito. Si fissarono ancora per molti secondi, poi Aldo sentì il bisogno di respirare e quindi cominciò a risalire delicatamente. Respirare era una bella cosa, ma se Aldo avesse potuto farne a meno per un'oretta ne sarebbe stato contento, pensò. In quel momento non c'era niente di meglio di stare là sotto a fissare quegli occhi e il bisogno d'ossigeno, in quel caso, era solo un noioso dovere. Cercò di fare tutto in fretta. Quando sentì di essere di nuovo a posto, respirò profondamente per tre volte e andò giù. Ancora otto metri. Ancora immobile. Il barracuda era sparito. Aldo ebbe per un attimo paura di non incontrarlo più, poi lo vide arrivare in lontananza col suo movimento rigido e lineare. Si fermò a due metri. Quella distanza doveva piacergli. Ma questa volta si mise un po' più di sbieco. Aldo sentì il sangue convergere con tempismo alla testa. Era il momento di farlo lavorare bene il cervello, pensò. Attese ancora. Il barracuda faceva impercettibili movimenti verso Aldo. Dopo poco, il muso era a non più di un metro dalla punta del fucile. Aldo sentì il bisogno di respirare ma non ci fece caso. Attese ancora pochi secondi. Sapeva che il barracuda stava per attaccare: non si sarebbe avvicinato così. Era questione d'istanti. Il cervello funzionava a meraviglia. D'improvviso il barracuda fece uno scatto fulmineo e simultaneamente Aldo premette duro il grilletto. Attese il morso da qualche parte del suo corpo, invece vide una nuvola di sangue colorare densamente l'acqua di fronte a sé. Tenne stretto il fucile con entrambe le mani. Dietro alla nuvola vide un animale che si contorceva freneticamente con un'asta ben piantata in mezzo agli occhi. Si ricordò d'aver bisogno d'ossigeno, così fece per tornare su. Nello stesso istante il barracuda smise di contorcersi e s'inabissò decisamente alla ricerca della sua tana per andare a morire. Aldo sentì lo strattone sul fucile. Fu trascinato in basso. Il profondimetro segnò dieci, dodici, quindici metri. Aldo avrebbe dovuto lasciare il fucile e andare su. Ma era troppo affezionato al suo vecchio Medisten e a quel vecchio barracuda per lasciarli fuggire insieme. Iniziò a lavorare con le pinne, cercando di mantenere un ritmo costante. Sapeva che quello voleva dire bruciare l'ultimo ossigeno che aveva in corpo, ma sapeva anche che era l'unica cosa che poteva fare. Risalì fino a cinque metri. Era stremato. Il barracuda diede un altro forte strattone che lo riportò fino a sette metri. Probabilmente stava morendo, ed erano gli ultimi strattoni della sua vita, ma anche Aldo sentiva di stare da quelle parti: il cuore ancora pulsava, ma entro pochi secondi i suoi polmoni avrebbero aspirato acqua. Ora non poteva più avere una cadenza nei suoi movimenti, ma fece uno scatto estremo. Risalì velocemente. Chiese a tutto se stesso un ultimo sforzo. Poi si sarebbe fermato, se lo promise nell'ultimo metro. Arrivò alla superficie ed il suo respiro fece un rumore inumano. Ci volle più di un minuto perché tutto si calmasse. Restò a guardare il cielo per un tempo imprecisato. Ce l'aveva fatta. Mosse lo sguardo dal cielo alla spiaggia, dalla spiaggia alla costa sulla sinistra per vedere se qualcosa era già cambiata. Il barracuda ormai era morto. Doveva averlo colpito proprio bene, Col braccio sentiva un peso inanimato ma nessun movimento. Era bello il mondo visto da là. Sembrava una terra vergine da conquistare. Ed era bello anche pensare che la vita fosse una cosa così: un luogo misterioso e lui un esploratore impareggiabile. Si cullò per alcuni minuti su questi pensieri. Poi tornò pigramente verso la spiaggia.

Suramys stava in piedi sul bagnasciuga insieme a Ramon e, vedendo la sagoma nera che seguiva inoffensiva Aldo a pochi metri di distanza, iniziò a saltellare e ad applaudire. Si gettò in acqua e lo abbracciò.

“Ce l’hai fatta!”

“Sì, ce l’ho fatta, ma stava per farcela lui.”

“No, non ci sarebbe mai riuscito...”

Aldo tirò la sagola e osservò per la prima volta da vicino il barracuda. Era grande e bello. Aldo ne era sicuro:

“Tra i pesci doveva essere un vero guapo, no?”

“È bellissimo.” Fece Suramys mettendosi a ridere.

Si accalcarono alcuni curiosi che osservarono senza dire una parola. Aldo impiegò una decina di minuti per togliere la punta dal pesce perché si era conficcata in profondità tra la cartilagine e l’osso e non riusciva ad uscire. Anche Suramys lo guardava in silenzio. Non era il momento per avere risposte né per capire se la morte di quel barracuda fosse servita a qualcosa. In qualunque modo fosse andato tutto, quell’uomo seduto sulla sabbia che si affannava a cercare una via d’uscita, sarebbe stato l’essere più importante della sua vita. Più lo guardava e più lo sapeva: quell’ultimo anno non era niente. La rabbia, i rancori, quell’assenza d’amore: niente. Quell’uomo le aveva fatto del bene. E nella vita c’era il bene e c’era il male, non erano creazioni della mente. Il bene e il male e gente che faceva il male e altri che facevano di tutto per non farlo. E Aldo era uno di questi: lottava ogni secondo e sputava sangue per non fare male. Suramys lo amava per questo, soltanto per questo. Non sapeva giudicare se fosse un grande poeta come tutti dicevano, o un uomo di grande intelligenza, o chissà che altro. Lei sapeva che era entrato nella sua vita e aveva cercato di salvarla. Ora, forse, ne stava uscendo, ed i tempi erano cambiati, e loro due non erano più quelli di prima, ma lei era salva, dall’altra parte di un fiume che non avrebbe saputo definire. Salva. Ed era quello che contava.

Aldo ora stava pulendo il pesce. Fece un'incisione sulla pancia ed estrasse con le mani le interiora. Gettandole in acqua, centinaia di pesciolini che increspavano la superficie con salti e spruzzi si accalcarono a divorare quel pasto inaspettato. Guardò ancora per un minuto lo spettacolo, poi caricò il barracuda sulla spalla e lo portò al ristorante dell'albergo. Quando tornò in spiaggia s'immerse nell'acqua per togliere le squame che gli erano rimaste addosso. Poi andò a sedersi vicino a Suramys che stava sul bagnasciuga fumando. Tutti e due guardavano un punto indeterminato nel mare. Era un punto bellissimo che riposava loro la vista e, insieme, ingannava i brutti pensieri.

"Vuoi un po' di rum?"

"Hai del rum?"

"Ramon ha lasciato la sua fiaschetta... Ha detto che ne avresti avuto bisogno."

"Ramon è un uomo intelligente." Fece Aldo sorridendo. E diede un lungo sorso. Poi riprese a fissare quel punto.

"Sei stanco?"

"Sì, un po'... Più che altro mi sento svuotato"

"Hai ammazzato il tuo barracuda. Chiunque si sentirebbe svuotato."

Aldo diede un altro sorso di rum. Poi, dopo qualche secondo, un altro e un altro ancora. Era davvero un bambino quando scriveva poesie, pensò, un bambino che non sapeva niente. La vita era quella là fuori, che presentava conti, che produceva enigmi, che iniettava sofferenza, che ti spezzava le reni in un colpo solo. Era quello strano fenomeno chiamato amore, quell'altro chiamato fine, era illusione, verità, tutto quanto. La vita era quella brutta bestia che non aveva ucciso.

“Come ti senti ora?” Fece Suramys con pudore.

“Non lo so: mi sento come un uomo che ha appena ucciso un barracuda. Il resto lo saprò domani...”

“Ti stai ubriacando.”

“Sì, ti dispiace?”

“No, se è quello che vuoi.”

“È quello che voglio.” E diede altri sorsi alla fiaschetta fino a vuotarla.

La vita ha mani lunghissime, pensò, lunghissime e forti, che ti raggiungono ovunque ti vada a rifugiare. Quel rum non gli avrebbe cambiato la vita neanche di una virgola, lo sapeva, però, almeno, l’avrebbe tenuta per qualche ora fuori dal camerino.

UNA GIORNATA PARTICOLARE

Birra Cristal

A Cuba è prevalentemente la birra delle donne. Chiara, bassa gradazione, una cosa da niente. La bevo e sento di aver perso un'occasione, di aver concesso un pedone al tempo che passa, quella mezz'ora irripetibile regalata ad un'attesa in una stazione di paese. Hai presente? Quando bevi come si deve non cerchi una bevanda. Non cerchi una temperatura e neanche un'immagine che s'intoni con la gelatina che hai messo sui capelli.

Quando bevi come si deve sei un cane affamato e rabbioso che cerca uno stato d'animo. E lo pagheresti caro. E sai di avere sorsi contati come i giorni. E quando frughi in una busta vuota come la Cristal diventi malinconico e solo. E non era malinconia quella che cercavi.

Quella mattina mi ero svegliato alle cinque e mezza per andare ad un incontro con due monaci buddhisti venuti direttamente dal Vietnam o roba del genere. Erano mesi che cercavo per L'avana un gruppo di meditazione ma le mie ricerche erano state infruttuose. Avevo bazzicato a lungo il Barrio Chino sperando di trovare qualche setta, qualche vecchio, qualche povero cristo che coltivasse, come me, questa pratica. Invece avevo ricevuto soltanto risposte secche e sguardi rognosi. Anche i Cinesi di quelle zone dovevano avercela a morte con qualunque cosa ricordasse loro il Tibet. Alla fine ero capitato in un grande centro polifunzionale di Playa dove un gruppetto di persone si riuniva tre volte a settimana per meditare insieme. Ottimo. La sala era bella e illuminata da altissime finestre. Avevo detto di sì ma non ce l'avevo mai fatta a svegliarmi in un orario decente. Quella mattina però avevo deciso che ci sarei andato anche in barella e così fu. Nessuna barella in realtà: mi sciacquai la faccia e dopo due minuti stavo sul vecchio Bejobina che mi aveva prestato Roger. Il Bejobina è un motorino di fabbricazione sovietica che ha la rumorosità di un aereo supersonico ma che va alla velocità di un invertebrato. Era una scoperta l'Avana a quell'ora. Non che non l'avessi mai vista, ma la prospettiva era assolutamente diversa dal solito. Normalmente alle cinque ci arrivavo camminando a quattro zampe, col cervello pestato da litri di qualunque cosa e farneticando tra la vita e la morte. Quel giorno mi alzavo presto, come milioni di umani fanno, e inquadravo il tutto non come una coda rantolante della notte, ma come il principio di un nuovo, luminoso giorno. Bene, percorsi alcune strade di Playa e, sbucando sulla Quinta, fui bloccato da una pattuglia in motocicletta. Non mi dissero niente. Mi bloccarono. Dovevo stare fermo e non rompere. C'era un suono sottile nell'aria, una specie di sirena delicata e timida. Poteva essere il sibilo di una bomba ma per fortuna nulla esplose. Il tipo in moto aveva occhiali da sole specchiati e ascoltava qualcosa di molto interessante all'auricolare. Dopo cinque minuti passò un discreto corteo di macchine. In una riconobbi la sagoma di Fidel Castro. Mi emozionai. Erano anni che stavo a Cuba e non avevo mai incrociato il Comandante. Si narravano leggende che avesse più di cento appartamenti a L'avana dove dimorava in modo imprevedibile sotto mentite spoglie. Si narrava che avesse circa dieci sosia che cazzeggiavano per l'isola. Comunque io non avevo visto mai il Comandante. Quel giorno mi emozionai. L'unica risposta che trovai corretto dare agli avvenimenti fu quella di alzare il pugno e salutare il corteo. Le occhiate degli automobilisti vicini erano simili a quelle dei cinesi quando parlavi di Buddha. Rabbia. Mantenni il pugno fermo e riuscii perfino a richiamare l'attenzione del poliziotto che mi osservò per qualche secondo e poi sputò per terra scuotendo il capo. Fidel non mi aveva neanche guardato e la cosa non mi sorprese. Il corteo si allontanò dolcemente così come era venuto: il sibilo restò nell'aria per qualche secondo e si dissolse con eleganza sotto il rombo dei Lada che ne avevano piene le palle e volevano schizzare via.

Arrivai al luogo dell'Illuminazione abbastanza in anticipo. La riunione si teneva eccezionalmente nell'appartamento di una tipa che doveva essere l'Eletta per l'area di Cuba e Centro America. Se la comandava e riceveva noi soldati semplici con parole suadenti ed un sorriso che voleva denotare serenità celestiale e amore incondizionato verso il creato. In ambito spirituale c'è veramente di tutto e nel corso degli anni ho imparato a diffidare di persone così. Esistono parecchi carrieristi della spiritualità, individui che fanno leva sull'impossibilità di sbirciare nella loro mente per accreditare un'immagine santa scimmiottando la caricatura degli illuminati. Ecco, la vecchia mi fece accomodare per terra ad una decina di metri dal luogo dove, di lì a pochi minuti, si sarebbero materializzate le guest star vietnamite. Pensai che in fondo il Dharma è buono in tutte le salse e che quindi potevo abbassare le mie difese e godermela. Con il lieve ritardo che si concede soltanto alle star, fecero ingresso da una porta laterale i monaci. A prima vista mi ricordarono due figuranti che facevano i karateka nei film di Bud Spencer: avevano entrambi il kimono bianco sgualcito e la barba di un paio di giorni, i piedi zozzi e lo sguardo sfuggente. Si piazzarono a gambe incrociate davanti a noi e ci regalarono due meravigliosi sorrisi. La vecchia era in sollucchero e li copriva di ogni attenzione: la luce troppo alta? Volete un altro cuscino? Sentite freddo? Quelli facevano la loro parte con piccoli cenni della mano e sorrisi. Partì la vecchia con un'introduzione emozionata che grondava riconoscenza e gratitudine. "Erano due anni che non venivano a farci visita e... devo dire, sono stati due anni difficili..." – risatina vergognosa – "...non poter attingere direttamente gli insegnamenti dalla viva voce dei nostri monaci è stata veramente dura... abbiamo fatto del nostro meglio condividendo le letture e praticando la nostra meditazione..." I due ceffi annuivano con poca convinzione. C'era qualcosa in loro che me li faceva vedere come due fuggitivi braccati dall'Interpol che non avevano trovato travestimento migliore di quello di due monaci buddhisti. Dopo un po' di chiacchiere i due decisero che bisognava intrattenere la sala. Uno imbracciò la chitarra mentre l'altro cominciò a darci dentro con un tamburello. Tutti si alzarono e cominciarono a muovere le spalle all'unisono formando un'onda umana. Non credevo ai miei occhi. Canzoni sconosciute. La maggioranza ne sussurrava le parole lasciando il ruolo di tenore a Bruce Lee con la chitarra. Poi mi sentii afferrare la mano e la ritrassi automaticamente. Mi spaventai. In realtà tutti stavano prendendosi per mano in una sorta di catena dell'amore e non sarei stato certo io quello che avrebbe interrotto quella meravigliosa comunione d'intenti. C'era amore. Non so perché né dove precisamente ma in quella sala c'era amore da farsi venire il diabete. Sollevammo tutti le mani in alto sempre tenendoci stretti stretti e punteggiammo in questo modo le ultime note della canzone che andava a concludere con un gorgoglio di vocali disordinate. Poi si fece silenzio in sala e Bruce Lee pronunciò una dozzina di parole ad alto volume, parole che, ne sono certo, non avevano senso compiuto per parecchie persone là dentro. Io aspettavo con impazienza il momento in cui si fosse fatto finalmente silenzio per mettermi a meditare in santa pace. Invece, dopo aver fatto decantare nei nostri cuori per una trentina di secondi quelle inutili parole di Lee, tutti si alzarono allegramente e la comandante ordinò lo sciogliete le righe. Arrivò immediatamente un uomo di mezza età con uno splendido vassoio di pasteles e i monaci cominciarono a mettere al lavoro le ganasce. Poi il vassoio arrivò pure dalle mie parti, ma le pastarelle migliori le avevano già battezzate gli illuminati. Ero frastornato. Avevo rivoluzionato il mio delicato equilibrio sonno/veglia per presenziare a quella roba. Ero indignato. Dopo qualche minuto mi si fece vicino la vecchia:

"Allora? Come si sente?"

"Bene... Molto bene."

"Come le è sembrato? Ha visto che carisma i monaci?"

"Beh... Interessante... Io, sa, vengo da un altro tipo di pratica in Italia, la scuola dei monaci della foresta in ambito Hinayana..."

Il suo sguardo fissò il vuoto e mi accorsi che vide il vuoto.

Quelle dovevano essere parole e nomi che ascoltava per la prima volta.

"...Sa, maestri del calibro di Ajan Chah, Ajan Sumedo, Ajan Lee..."

Avevo citato tre colossi della cultura spirituale buddhista moderna e lei continuava a fissare il vuoto alla ricerca di un appiglio. Poi, con quel sorriso di chi comprende ed accetta la diversità, per non dire l'inferiorità, mi accolse:

"D'altro canto tutte le strade portano all'Assoluto..."

Non ero affatto d'accordo.

"... E non importa quale sia il mezzo con cui ci si muove. C'è chi prende la macchina, chi il motorino, chi l'aereo, chi la bicicletta...", ammiccando a me. Lei aveva preso l'aereo, ovviamente, seduta in prima classe accanto a Bruce Lee e al suo compare.

Rimasi impietrito. Ci sono situazioni a cui non so rispondere con prontezza. Magari dieci minuti dopo ho sulle labbra tutti gli argomenti che avrebbero fatto comodo, ma in quel momento resto congelato. Restai congelato. Quella non era una pratica, era un picnic improvvisato con due scaltri vietnamiti. Tutt'al più la prova mal riuscita di un coro di parrocchia. Rimasi immobile e misurai dentro me stesso tutto l'orgoglio per il MIO MONDO e il disprezzo per il NON MIO. Buttai giù un altro paio di pasteles e poi alzai i tacchi.

Mi ritrovai in strada che erano quasi le 10. Il sole era altissimo nel cielo e cominciava a fare caldo. Stavo nei pressi dell'Habana Libre così decisi di cancellare il ricordo di quell'assurda riunione con un bel cappuccino alla cannella al ristorante del piano terra. Avrei dovuto cercare gruppi di meditazione da qualche altra parte. Oppure, più saggiamente, avrei dovuto fare da me. Stavo immerso in questi pensieri quando vidi avvicinarsi al mio tavolo Pedro Juan. Mi fece un largo sorriso e lo invitai a sedersi.

"Prendi qualcosa..."

"Non mi va niente."

"Un caffè? Un cappuccino?"

"Una birra."

Pedro Juan era un conoscente. Bazzicava da sempre L'Habana Libre e ogni volta che io ci andavo, immancabilmente, lo trovavo là fuori a cercare in ogni modo di estorcere dollari ai turisti. L'avevo conosciuto quando faceva il pappone di una tipa mulatta più alta di lui che poi era partita per la Spagna; in seguito l'avevo visto per un paio d'anni fare il taxista abusivo alla guida di una bagnarola russa che poi gli avevano confiscato; poi l'avevo visto per brevissimo tempo fare piccoli ritratti col carboncino; poi ancora l'avevo visto proporre sigari e rum di contrabbando all'angolo con La Rampa. Mi raccontò che ora non faceva nulla di preciso e tutto quello che capitava. Aveva parecchio oro al collo e quindi pensai che non doveva passarsela tanto male. Io gli raccontai che ero stato alla riunione di un gruppo buddhista e quello mi guardò con gli occhi con cui si guarda una persona durante un attacco epilettico. Buttò giù tutta la sua birra e poi mi propose un piccolo affare per il quale c'era bisogno di un compare come me, straniero e dalla faccia pulita. Aveva detto proprio così: dalla faccia pulita. Mi sembrava un buon affare e accettai.

Mi portò in strada fino all'incrocio con Calle 19. Era un ottimo angolo quello. Il passaggio delle macchine era veloce ma non velocissimo e la visuale di quelli che venivano da sinistra era piuttosto difficoltosa. L'affare era il seguente: Pedro Juan negli ultimi mesi si era specializzato in una tecnica di truffa di cui qualcuno già mi aveva parlato. Si trattava di avere un po' di fegato e del sangue freddo. Bisognava individuare la macchina giusta, con targa TUR naturalmente, e qualche vecchio straniero alla guida. Pedro avrebbe camminato sul marciapiede come se nulla fosse e poi si sarebbe buttato sotto la macchina. Detto così sembra più un suicidio che una truffa, ma invece la sua tecnica prevedeva un colpo con la parte laterale del parafango e poi fingere all'inverosimile. Lì sarei entrato in gioco io recitando la parte del turista ignaro ma testimone dell'accaduto. Avrei fatto da interprete, se ce ne fosse stato bisogno, ed avrei cercato di convincere il guidatore a fare un risarcimento immediato per evitare rogne. Un gioco da ragazzi.

Passammo diversi minuti facendo avanti e indietro per quel tratto di marciapiede. Ogni macchina che passava, per un motivo o per un altro, non faceva al caso nostro. Guidatore troppo vecchio; donna al volante; macchina piena di cubani; macchina a troppa velocità. Dopo quasi un'ora vedemmo arrivare una Tico bianca alla giusta velocità e con il giusto pilota. Rasentava il marciapiede perché doveva essersi perso. Pedro Juan mi fece un cenno e si mise a camminare guardando contemporaneamente con la coda dell'occhio la macchina che si avvicinava. Aveva stoffa il ragazzo. Appena la macchina fu a tre metri da Pedro, lui finse magistralmente la perdita dell'equilibrio, barcollò pericolosamente e franò sul parafango, enfatizzando forse un po' troppo un rimbalzo sul marciapiede. Rimase immobile come una salma. La gente cominciò a gridare e ad accorrere. Il vecchio inchiodò e scese dalla macchina con una ciocca sudata di capelli fra le mani. Era bianchissimo e disperato. Io lo tenni d'occhio perché non mi piaceva che ci lasciasse le penne per una truffetta da due soldi. Si protese su Pedro che rassicurò tutti sul suo stato di salute bisbigliando un "me cago en la resinga' de la puta madre que lo pariò". Il vecchio non capendo una parola esclamò un "Mio dio grazie... il ragazzo è vivo, fategli spazio". Allora mi avvicinai rinfrancato dalla constatazione che il vecchio non stesse per lasciarci e, ancor di più, che fosse italiano, il che rendeva molto più agevole il mio ruolo di mediatore. Finsi attenzioni verso il ragazzo, domandandogli ad alta voce : "Come stai? Mi senti?

Riesci a sentirmi?" Pedro mi fissò con la coda dell'occhio e poi riprese la recita:

"Si, la sento, la sento, mi fa male la gamba."

"Riesci a muoverla?"

"Male, molto male..."

Mi girai verso il vecchio e lo fissai con occhi severi.

"Gli fa male la gamba. La muove male, molto male. Italiano vero?"

"Sì, gli dica che lo accompagno all'ospedale..."

"No, lasci perdere... lei sta in vacanza, suppongo."

"Certo."

"Be', finisce a passare dei guai, creda a me..."

"Guai? Cioè?"

"Qui sono inflessibili... Lei correva..."

"Non correvo..."

"Correva... Andava a più di 70... fFnisce che le fanno una multa pazzesca e la tengono un giorno in commissariato se va bene... Io lo so, vivo qui..."

Il vecchio cominciò a sudare.

"Dia retta a me... Offra un po' di soldi al ragazzo e poi se ne vada." E intanto fingevo di prendere le pulsazioni sul polso dell'investito.

Il vecchio rifletté ancora mentre Pedro aumentava il volume delle sue lamentazioni per fare pressione sulla sua anima sotto stress. Un paio di ragazzini passarono e sghignazzarono avendo fiutato immediatamente la messa in scena.

"Ma mi sembra brutto..."

"No, non è brutto... Si avvicini al ragazzo e gli metta in tasca dei soldi... Poi vada via rapidamente che qui fra un po' arriva la polizia..."

"Dice?"

"Dico."

"E quanto..."

"Quanto ha addosso?"

Si fece schivo e mise automaticamente una mano sulla tasca posteriore dei bermuda.

"Guardi, a me non me ne frega nulla... Cerco di aiutarla... Da italiano a italiano..."

Mi fece un bel sorrisone da connazionale.

"È che c'avrò.... Sui trecento..."

"Perfetto, glieli metta in tasca e se ne vada dritto per quella strada e non ripassi di qui..."

Il vecchio fece un altro paio di calcoli nella testa e poi decise che era una soluzione ragionevole. Si accovacciò su Pedro e poi mi chiamò con un gesto della mano.

"Gli dica che mi dispiace e che... Se non si offende, gli lascio dei soldi per il danno"

"Este señor siente lo que ha sucedido y, si tu no te ofendes, te deja un dinero por el daño que te causó..."

Pedro mi guardò con attenzione.

"Cuanto me deja el maricón?" Sussurrò fra rantoli di dolore.

"Tres..."

"Ok, dile que para mi está bien..."

"Dice che va bene, che non si deve preoccupare, che non vuole metterla nei pasticci..."

"Lo ringrazi..."

Feci ancora l'interprete per i commiati e poi accompagnai il vecchio alla macchina. Gli diedi una pacca sulla spalla e gli assicurai ancora una volta che si stava tirando fuori da un bel guaio. Gli italiani sono così: devono uscire da una situazione sentendosi sempre i più furbi. Schizzò via con un'accelerata che mise in pericolo un'altra dozzina di vite, poi sparì. Pedro Juan rallentò con sapienza i rantoli e i gemiti e poco a poco cominciò ad articolare la gamba come un miracolato.

"Va meglio, va meglio..."

"È sicuro di poterla posare?"

"Va molto meglio... Provo a camminare."

E si lanciò in una goffa imitazione dello zoppo che fa progressi passo dopo passo fino a diventare un ballerino di tip tap. Gli offrii la mia spalla per appoggiarsi e lentamente ci dirigemmo verso la strada posteriore all'Habana Libre. Ci andammo a sedere ad uno squallido baretto che fa angolo con 25 e ordinammo due birre. Pedro prese in mano i soldi e li esaminò con cura. Erano veri ed erano trecento. Me ne diede 100 e poi la mano per sancire un affare andato a buon fine.

"Dovremmo entrare in società io e te..."

"Sì, credi?"

"Un turista con la faccia pulita è preziosissimo... "

"Non è così pulita..."

"Ispira fiducia, mentre la mia no..."

"Ho la faccia da italiano..."

"Già, italiano... Voi siete drogati con il calcio. Ti piace il calcio?"

"Certo..."

"E oggi non vai allo stadio?"

"Mi prendi per il culo?"

"No, dico sul serio, oggi al Pedro Marrero c'è l'Italia"

"L'Italia?"

"Così m'hanno detto, per una cosa di solidarietà con Cuba, gioca l'Italia..."

Mi emozionai come un bambino. Io odiavo la nazionale però dopo anni senza calcio avrei pianto anche ad una partita di Subbuteo. Ci precipitammo immediatamente alla reception dell'Habana Libre per raccogliere informazioni. Era vero: alle ore 16 presso lo stadio Pedro Marrero andava in scena la partita Cuba Italia. In realtà era una sfida patetica tra la nazionale Cubana e quella italiana dei reduci del mondiale 1982. Feci un calcolo e mi resi conto che doveva essere una rappresentativa di vecchi appesantiti e goffi. Non importava. Chi ha giocato a calcio, ed io ho giocato in gioventù a calcio e sono stato una mezz'ala MOLTO promettente, lo considera sempre come il primo amore, mitizza ricordi, esalta piccole fughe di memoria e sempre, ogni volta che vede una sfera rotolare da qualche parte, sente tutte le energie convergere in una sola intenzione: quella di prenderla ad ogni costo e fare un tiro fortissimo. Lo faccio sempre quando vedo bambini che giocano per strada. Quando ero uno di loro odiavo quei vecchi che scassavano le palle e facevano i dribbling. Oggi è il mio turno e sono io il vecchio che frega il pallone ai bambini e fa un tiro. Vabbè, stava diventando vitale che io vedessi quella partita. Andava a riempire un vuoto che si scavava silenziosamente giorno dopo giorno nelle strade di Cuba, il vuoto della lontananza dalla Roma. Non era Roma-città il problema, con lei avevo chiuso i conti, ma LA ROMA. Inutile che io mi metta a spiegare l'unicità della Roma, andrei a scontrarmi con la suscettibilità e con gli argomenti di tutti gli altri tifosi di altre squadre del mondo, ma mi limito a pronunciare esclusivamente una tesi discutibilissima: essere della Roma è esperienza totalmente diversa dall'essere tifosi di qualunque altra squadra di questo pianeta. Chiudo qua. Mi mancava la Roma. E mi mancava il gruppo di persone con cui macinavo opinioni raffinatissime sul calcio. E mi mancava la possibilità di mettere in mostra la mia nota capacità di scovare campioni tra giovani imberbi. E mi mancava la mia indiscussa capacità di individuare giocatori bluff fra quelli più osannati dalla critica. E mi mancava la sfida continua a dire la battuta più truculenta sui difetti fisici veri o presunti degli avversari. E mi mancava l'agio di poter rivelare l'omosessualità di questo o quel campioncino della squadra di turno. Insomma, mi mancava quel rettangolo, quelle linee, e quella vista in cui i miei occhi e la mia mente si sentivano come a casa.

Come un cane di Pavlov cominciai a diventare nervoso. Inutilmente nervoso. Mi succedeva quando andavo allo stadio, ma aveva un senso nell'attesa di partite che contavano qualcosa. Quel giorno si ritrovavano su un campo di calcio 22 non-giocatori, svogliati e senza stimoli.

Era ancora molto presto. Non aveva alcun senso fare ingresso allo stadio prima delle 16. Bisognava far passare le ore che mancavano al fischio d'inizio nel modo meno doloroso possibile. Decidemmo, io e Pedro Juan, di andare a fare una passeggiata sul Malecón. Non aveva logica ma qualcosa dovevamo pur fare invece di guardare con occhi sgranati la receptionist dell'Habana Libre con un giornale aperto sotto al naso.

Il Malecón non era un granché. C'era un po' di mare e quando c'è mare la gente preferisce rintanarsi in qualche caffetteria a guardarlo da lontano. Alcuni pescatori sfidavano le onde e si gettavano con i loro pneumatici negli spazi della risacca e immediatamente mettevano a lavoro le gambe per delle pinnate magistrali. Sparivano quasi subito e li vedevi solo di tanto in tanto spuntare in lontananza e galleggiare come boe incerte e fragili. Non avevamo molto di cui parlare. Era sufficiente fumare, ognuno le proprie sigarette, e perdere lo sguardo da qualche parte. Il Malecón era di per sé un luogo malinconico:

un lungomare diroccato dal quale non si vedeva mai la terra ferma. Non c'era mai speranza dall'altra parte, un lembo di terra, un isolotto, una luce. Potevi sperare che arrivasse qualche nave, ma in questo modo dipendevi dalle scelte di altri, dalle rotte di altri. Pensai che aveva a che vedere con l'amore, con certi amori. Somigliava a quelli: dipendere dalle scelte di una donna meravigliosa, dalle sue rotte, dalle sue mani sul timone. Non puoi fare altro che aspettare, con un pacchetto di sigarette pieno, su un molo pieno di inquietudine e malinconia.

Bastava che scendesse un po' di silenzio sulle mie giornate e come amici timidi si riaffacciavano certe emozioni, passato il baccano. Avrei offerto soldi a chi avesse trovato un filo che unisse gli eventi di quella giornata. O meglio, gli eventi non sono mai in ordine, ma avrei dato denaro per capire le anime che si avvicendavano nella mia sala comandi. Quelle avrebbero dovuto avere un filo comune in un cervello degno di questo nome, mentre invece nel mio assistevo a continui sgambetti, ad ore intere contraddette da una sola parola, da una sola intenzione. Era il mio mondo, era il mio cervello e non c'era scelta. Proposi a Pedro Juan di andarci a prendere qualche birra. Era arrivato il loro momento. Ci fermammo ad un chioschetto della catena Dì tú e consumammo due birre a testa e due cosci di pollo fritto. Questo era il nome. In realtà intere generazioni di pollame dovevano essere passate in quell'olio di frittura, era come se se ne sentisse l'anima urlare e fare le bolle. Un schifo nero e bruciato che sembrava strettamente imparentato con la morte e con la fine del mondo. Pedro Juan si lasciò anche andare a gridolini di piacere durante la degustazione, mentre io gettai tutto dentro come si fa con il tubo della gastroscopia.

Ogni tre passi perdevo la voglia di andare allo stadio e nei successivi tre la ritrovavo. Era come se avessi paura di rincontrare un vecchio amore imbruttito e terribilmente diverso da come lo avevo lasciato nei miei ricordi. Temevo che il calcio si aggiungesse alla lunga lista delle cose di cui un giorno, senza motivo, mi ero stancato. Era inutile accennarlo a Pedro Juan. Non avrebbe capito. E poi da dove avrei iniziato? Dai campi di pozzolana della estrema periferia di Roma dove avevo imitato, in un passato terribilmente lontano, i colpi di Falcao e Bruno Conti? Che ne sapeva lui di Falcao? O avrei iniziato dall'emozione che provavo quando salivo la scalinata della tribuna e lentamente appariva il rettangolo di gioco dell'immenso stadio Olimpico? No. Certa roba dovevo tenerla per me.

Arrivammo all'ingresso dello stadio Pedro Marrero quando mancavano venti minuti all'inizio della partita. Era una struttura modesta e cadente che avrebbe potuto contenere senza crollare non più di 5000 persone. Quel giorno ce n'erano soltanto alcune centinaia munite di piccole bandierine di plastica in cui quella cubana si fondeva con la bandiera italiana. Roba da far venire il vomito, pensai. Nei posti d'onore riconobbi il nostro ambasciatore in giacca scura, un paio d'impiegati dell'ambasciata che sorseggiavano qualcosa da bicchieri di plastica e alcune persone vestite in guayabera, forse funzionari cubani ma di terzo livello. Io e Pedro Juan ci andammo a sistemare nei posti popolari in alto dove il sole riusciva a perforare le pupille e a creare un'afa bestiale. Mi misi a torso nudo e mi accesi immediatamente una sigaretta. Ero nervoso. Avevo un umore che partiva per la tangente ad ogni minima stimolazione. Mi davano fastidio le persone che avevo intorno, mi dava fastidio non poter parlare di calcio con qualcuno competente e nello stesso tempo odiavo quella mia malinconia diffusa. Più di una volta, lontano dalla mia città, avevo alimentato una durezza di cuore per le emozioni che rischiavano di trascinarmi via e fino ad allora ci ero riuscito, però quel giorno mi sentivo come una barchetta in mezzo alle onde. Vivere lontano dalle cose non è facile. Pensi sempre che qualcosa di molto importante stia accadendo proprio mentre tu stai perdendo del tempo e magari invecchiando. Senti sempre che il tuo centro sia in qualche punto fuori mappa nel bel mezzo dell'oceano. Allora cerchi di arginare tutto questo con una serie di pietre da scagliare fuori e dentro di te. Pensi sempre di essere del mondo, di donne e di latitudini a caso mentre invece poi scopri, davanti ad un inutile campo di calcio, davanti ad un'improbabile partita amichevole, che sei fatto di memorie semplici, di un complicato intreccio di parole private, di linguaggio di amici e momenti lasciati lontani. Magari per sempre. Non serviva tirare più a fondo la sigaretta, la piaga si era aperta e non la richiudevano gesti di quel tipo. In quel momento erano presenti i fantasmi del mio passato quanto quei ventidue esseri che inseguivano ansimando il pallone. C'era lì, su quegli spalti, il mio allenatore Vito di cui ero stato un indiscusso pupillo, che mi paragonava al primo Giordano, grande centravanti della Lazio. C'era l'emozione della curva sud quando Falcao segnò un gol magistrale in Roma Avellino nell'anno dello scudetto del 1983. C'era mio padre che inanellava battute facili per far ridere i nostri vicini di posto allo stadio, e mio fratello col quale condividevo fino in fondo quel furore assoluto dell'amore per la vita. Ecco, e c'era anche una partita che si stava svolgendo, noiosa, inutile, fiacca e penosa. Mi veniva da piangere. In realtà sul campo c'era proprio lui, Bruno Giordano, che ancora toccava il pallone come nessuno ma faticava ad essere la memoria di quel genio che era stato. Bene, guardavo lui. In fondo un motivo d'interesse c'era. Vedevo Giordano e vedevo me stesso e tutti gli anni che ci erano piovuti addosso a entrambi. Ancora qualche colpo di classe, la memoria di un signore che fu, ma poi la legge del tempo e mille rimpianti di una carriera che poteva essere migliore. Lui si era sprecato dietro al calcio scommesse e aveva perso diverse occasioni, io... beh, che dire, avevo lavorato sodo per perdere le mie. Dopo una ventina di minuti la nazionale cubana passò in vantaggio. Una zampata sotto porta del centravanti aveva trovato la difesa immobile ed era stato un gioco da ragazzi metterla dentro. Poi il caldo aveva cominciato a lavorare ai fianchi gli atleti: all'inizio del secondo tempo facevano pena e si trascinavano boccheggianti dietro a palloni difficilissimi e non avevano nessuna idea di gioco se non quella di finirla presto e bere venti litri d'acqua gelata. Ma al trentasettesimo era successo qualcosa di divino. Io non credo a queste cose, ma lì qualcuno aveva tirato un filo dall'alto, ne sono sicuro. Giordano aveva preso palla sulla trequarti e come alimentato da un'energia misteriosa che aveva sorpreso anche lui, aveva dribblato uno, due, tre difensori cubani ed aveva tirato una mina sotto all'incrocio. Esultai come un bambino. Ero l'unico che esultava. Ma ero anche l'unico che esultava per un gol che era di Giordano, certo, ma anche un gol intimo e di tutto il passato, mio e suo, di fuoriclasse lunatici e incostanti. C'era mio padre accanto a me che commentava un mio gol e pretendeva qualcosa di più dal mio talento, e mio fratello che mi abbracciava e intonava i cori della curva sud. C'era un pezzo intero della mia vita che quel giorno aveva bussato forte e mi aveva accarezzato la testa.

Una volta uscito dallo stadio mi sentivo stanco e svuotato. C'erano strade senza nome davanti a me che mi ostinavo a far diventare le mie strade. C'erano frasi e modi di ridere che non erano i miei e improvvisamente mi sentii solo. Salutai con tre parole Pedro Juan e mi diressi verso casa. In fondo chi era Pedro Juan? Un banditello di un paese lontano ed io un cane meticcio senza fissa dimora. Bisognava però andare avanti. Così prescriveva una legge non scritta della vita. Andare avanti e tirare dritto. In fondo si è il risultato delle scelte fatte e non era il momento, non è mai il momento, di andare a fare processi al passato.

A casa Jessy stava lavando i piatti e mi guardò come si guarda un cane meticcio senza fissa dimora. Mi diede un bacio e non mi chiese niente. Era un bacio quello che mi aspettavo e qualcuno che, a differenza di me, mi accettasse esattamente per quello che ero.

"Usciamo stasera?"

"Sono morto..."

"Non sei morto, sei triste... Per questo sarebbe bello uscire insieme... Potremmo bere insieme, andarcene a ballare insieme e ridere un po' di tutto quanto... Insieme."

"Potrebbe essere una bella idea, ma non so se ho voglia di ridere..."

"Quella ti viene... Ti viene sempre..." E mi stampò un altro bacio, un altro bacio di cui avevo bisogno.

Alle 23 ero già tutto ripulito e rivestito e stavo lavorandomi un rum liscio seduto nella hall dell'Habana Libre accanto a Jessy. Lei era luminosa e aveva la dolcezza delle migliori onde dei migliori mari delle terre più intatte. Eravamo contenti di uscire insieme e di provare ancora quell'emozione là. In fondo non era scontato che due esseri condividessero quel mucchio di anni e riuscissero ancora a darsi il meglio che erano capaci di darsi. Da qualche parte ero ancora stordito dagli uno-due che avevo ricevuto nel pomeriggio senza opporre resistenza. Non ero mai stato un buon pugile, in effetti, ed avevo sempre alternato raffiche sconclusionate a fasi di passività penosa. E forse quello era uno di quei momenti. Non restava altro da fare che aspettare tempi migliori e i tempi migliori arrivano come la grazia: inaspettati e fuori dalla volontà.

Bevemmo parecchio, centellinando le parole. C'era della musica da qualche parte che si intrecciava discreta alle nostre catene di pensieri. Ma erano catene leggere che tenevamo in vita solo per una specie di gioco di società: si associavano cose a cose, come una ricerca di sinonimi ad oltranza, fino a che non finivano, e poi si cambiava parola. Verso le 24 decidemmo di andare a fare un salto al Delirio Habanero. Il Delirio Habanero è una discoteca al secondo piano di un edificio moderno di Plaza de la Revolución che propone musica cubana, reggaeton e merengue fino all'alba. Non avevo forze e non sentivo nessuna ragione per portare avanti una giornata che aveva dato tutto quello che doveva dare. Ma invece mi sollevai sulle gambe e constatai che ero ancora capace di camminare e di essere un uomo che fa strada alla propria donna fino alla porta e le sorride. Perciò ci ritrovammo seduti a un tavolo del Delirio Habanero con due rum con ghiaccio sotto al naso guardando il mondo. Ci piaceva parecchio commentare le tecniche di ballo dell'umanità. Io sono quanto di più lontano si possa immaginare dall'armonia e dalla minima padronanza dei passi e per questo mi tengo molto lontano dalle piste da ballo del pianeta, però mi piace guardare e ascoltare i commenti esperti di Jessy, lei sì un'autorità in materia. Ma non era una notte buona. Avrei dovuto capirlo. Era una giornata da chiudere e da consegnare intatta alle ruminazioni del giorno dopo. Invece stavamo lì dove non saremmo dovuti essere. La cosa andò così, state a sentire:

C'era un vecchio italiano uguale a mille altri: capelli tinti, baffi tinti, camicia rossa agghiacciante, jeans scoloriti, probabilmente su di giri con la cocaina. Aggiungiamo che era la copia esatta di Gilberto Govi e che ostentava passi di liscio pensando si confondessero nella calca. Non aveva fatto i conti con Jessy che iniziò a mandarmi i soliti segnali. Io ero ubriaco e impiegai un minuto a mettere a fuoco il soggetto. In effetti faceva pena: si produceva in strane figure attorno ad un troione mulatto e sudava da far schifo. Non so quello che sbagliammo. Forse fui io ad essere troppo lento o Jessy troppo sfacciata, sta di fatto che il vecchio mangiò la foglia e si diresse verso di noi.

"Che cazzo c'avete da ridere?"

Ero stanco ma mi sollevai sulla sedia. Il tipo mi faceva pena e non sarebbe stato un problema neanche da ubriaco. Sarebbe bastato uno schiaffone e sarebbe tornato da dove era venuto.

"Qual è il tuo problema?"

"State ridendo guardando me."

"Stiamo ridendo per i cazzi nostri... Vedi di sparire"

Non mi andava di formare scandali e quindi cercai di far sbollire la cosa. Pensai che in fondo il vecchio volesse conquistare punti presso la sua donna e quindi lo lasciai fare. Il problema era che quei due non erano da soli. Infatti da un tavolo si alzarono tre mulatti e vennero subito a spalleggiare quella marionetta. La situazione si stava facendo difficile. Non ero agitato ma sapevo che non avrei avuto nessuna possibilità e poi conoscevo i cubani che vanno con un turista: pur di accaparrarsi la sua fiducia fanno di tutto. Cercai di calmare le acque dicendo che il tipo aveva preso un abbaglio.

"Senti, divertiti con la tua donna, nessuno stava ridendo di te..."

"No, la tua donna rideva e mi indicava."

"Lascia perdere, non è così..."

"Mi devi dire di che cazzo ridevate."

Era ovvio che il vecchio si sentiva forte della presenza di quei tre ceffi e quindi faceva l'uomo. Lo guardai fisso negli occhi senza abbassare lo sguardo e passarono istanti interminabili. Avrei potuto fare parecchie azioni. Anni prima non ci avrei pensato un secondo ed avrei spaccato quella faccia. Quella sera lo guardai negli occhi e attesi segnali dal mio istinto. Mi trovavo lontano. Lontano dalle mie cose di casa e sentivo quella malinconia nata nel pomeriggio come un'onda leggera che modificava tutto quanto. Anche il mio coraggio. Staccai lo sguardo dal vecchio, presi Jessy per mano e me ne andai.

"Ecco, bravo, vattene, coniglio!" sentii gridare mentre in sottofondo rimbombavano le parole "Pa' la calle, pa' la calle" di una canzone di reggaeton che adoravo. Scendemmo le scale lentamente. Una volta in strada mi accesi una sigaretta e respirai. C'erano diversi taxi incolonnati e prendemmo il primo. Percorremmo le strade che ci separavano dalla casa senza fiatare.

Erano passati gli anni e la mia vita si articolava fra cose diverse, tra loro lontane. Sapevo essere un incostante Buddha, ma anche una foglia leggera che veniva sbattuta dai venti del passato, in una gabbia di ricordi semplici, ma anche un guerriero pieno di coraggio quando la bufera era nera e dava i brividi. Sapevo seppellirmi sotto litri di alcol e riemergere come un delinquentello di quartiere. Erano passati gli anni e ormai capivo che mi sarei portato dietro quelle mille anime, quelle mille vite parallele, fino alla tomba. Ma quella notte, però, capii anche che lo avrei fatto con una mia sotterranea saggezza, quella che mi aveva fatto togliere gli occhi dagli occhi di quel vecchio e scappare via.

ADA UN POMERIGGIO

Il Guarapo

Mi ricordo un pomeriggio rovente alla stazione di Matanzas di tanti anni fa. In un transito. Il solito transito, pensavo io. Quasi rassegnato alla mia mobilità eterna come un nomade pentito che non vuole dirlo in famiglia. Guardavo la gente per quello che era. Quelle quattro ossa ammucchiate che speravano di scamparla. Mi ricordo che leggevo pagine senza speranza torturato da canzoni che gli facevano il verso. Mi ricordo quel pomeriggio di cose sospese, come sempre, di strade scelte per l'intuizione di un attimo, di energie che fingevano di essere infinite. Ricordo quel senso di vuoto mentre mi trovavo a bere un bicchiere di Guarapo, succo puro di canna da zucchero e ghiaccio. Nient'altro. Come la sberla suprema che ti riserva la vita. Una sberla e silenzio. O un sorriso. Uno di quelli rari che ti illuminano la solita notte. Per poi ripartire lasciando incompiuta ogni altra traiettoria che in quel transito sarebbe stata possibile.

La signora Ada vive in un appartamentino minuscolo nel Vedado, alle spalle dell'Università di L'Avana, in un edificio bianco rivestito di pietre di Jaimanitas, ben tenuto e poco rumoroso. Per telefono ci dice che può riceverci verso le tre del pomeriggio per mostrarci la sua casa in vendita. Ci mette in guardia: "È una casa modesta la mia, pulita ma modesta…"

Arriviamo con un caldo feroce, fiaccati dall'afa e malridotti. Ci accoglie in una piccola sala su due immancabili sedie a dondolo antiche e belle. È una donna con un passato. Ha 75 anni e un passato, appunto, da logopedista e poi da rivoluzionaria. Ha una certa riverenza nel parlare con un italiano e alcuni vezzi da donna che perdono colore col tempo ma non smettono di saltar fuori. Ci tiene a far capire di aver viaggiato e di conoscere il mondo. Madrid, New York, la Francia. "Ho amici italiani, un certo Enzo di cui ora non ricordo il cognome…". Ci mostra la casa che si copre tutta con una sola occhiata. Qualche mobile come traccia di momenti floridi lontani, quadretti senza pretese, libri, fogli sparsi. Come sempre succede con un cubano, dopo pochi minuti non esiste più una sfera privata ed una pubblica. Ci parla di sé. Ha scoperto di avere il cancro. Cancro alla tiroide e ad un polmone. "Dovrei fare delle cure, ma poi perché? Di qualcosa si deve morire… mio marito è morto diciannove anni fa ed io non ho mai pensato di rifarmi una vita. Sono all'antica".

No, anzi, ha detto: "Io sono una donna di poesia... per me lui è stato il mio uomo. L'unico". Vuole vendere la sua casa e i suoi mobili per trasferirsi in una casa per anziani. Magari con i soldi fare un viaggio a Madrid. "Mi piace Madrid, mi metto per strada e guardo la gente. Potrei andare a Miami o a Gerona dove ho dei parenti, ma Miami mi fa schifo e Gerona anche. Madrid". Ci offre un caffè e ci parla del suo cane. Non ha più parenti a Cuba. Ha una lunga lista di medicine da prendere nel corso della giornata. Un copione da seguire quotidianamente e nient'altro. È agitata. Prende una pastiglia. Usa qualche parola in inglese per farci capire di essere una donna di mondo. Parliamo della casa, del prezzo e di eventuali accordi. Finisce il caffè e vorrei uscire. Tronco le risposte e do segnali di chiusura. Ci dice di avere un sogno. Quale sogno? Andare al teatro il 25 agosto a vedere uno spettacolo popolare dove lavora una sua nipote lontana. Non ha nessuno. Nessuno che la porti. Nessuno. Ci guardiamo e ci offriamo di portarla con noi. Si mette a piangere. "Dite davvero?" – "Certo, si faccia bella, la passiamo a prendere...". È contenta. Ah, aggiunge che se dovesse vendere la casa vorrebbe portare con sé il fornello elettrico e il materasso. Lo ripete due volte. Il fornello elettrico deve essere qualcosa di molto importante nella sua mente in quel momento. Diciamo che non c'è alcun problema, increduli di parlare di un fornello elettrico. Usciamo. Non so. Forse non c'è niente d'importante in quello che ho raccontato ma so che ha lasciato dietro di sé come una coda di vuoto e di quella carnetta tenera che rimane attaccata quando ti trovi a rosicchiare l'osso del senso della vita. E non finisci mai di mordere. Ada. Un essere umano.

CINQUE GIORNI

Vino Soroa

Parlare di vino cubano è come parlare dei manghi di Gavirate. Una contraddizione in termini. Da ripetute prove fatte con alcuni miei sodali l'uva trapiantata a Cuba diventa una pianta carnivora e fa chicchi a forma di banana. Eppure esiste il vino Soroa. Made in Cuba. In certi casi conviene non indagare troppo sull'origine. In fondo siamo nelle mani della divina provvidenza da sempre e perché puntare i piedi proprio di fronte al Soroa? Si vende nel circuito dei negozi in moneta nazionale e in certi periodi diventa introvabile. Alla fine è buono. Alla fine. Dopo che hai fatto tutti i tuoi calcoli e i bilanci di una vita intera. Il peso lordo e la tara. Se ti affacci appena sul mercato dell'autoproduzione privata finisci per bere vino di arance, di ananas, di mandarino, non so se mi spiego. Quindi il Soroa è onesto e, come dire, in qualche modo ti riporta improvvisamente, con la velocità evocativa che soltanto i sapori sanno concedere, in Italia, dalle tue parti, in provincia del tuo passato e della tua storia. Lì, con ricordi obliqui, quelli che ti inchiodano nella sola certezza di non essere in fondo mai partito.

Erano settimane che cercavo il modo di prendere un mezzo qualunque che mi portasse a Cuba. Era più di una anno che non tornavo da quelle parti e il filmato mellifluo dei ricordi di Ciudad Habana che si proiettava in loop nella mia testa, mi afferrava silenziosamente come solo suppongo possa fare il flauto dell'eroina quando ti trovi in astinenza. Bene, non assumevo droghe quindi ero, come si dice, un uomo libero. Ma nella fase della storia dell'umanità in cui mi trovavo pare fosse il denaro l'elemento decisivo. Ecco, io non avevo una lira. Qualche settimana prima avevo raccolto una dozzina di oggetti che avevo nella soffitta, avevo scattato delle foto, ed avevo messo tutto in vendita su Ebay. Secondo i miei calcoli ce n'era per una quindicina di giorni pazzeschi. Ma non avevo fatto i conti col mondo. Capitava spesso. Al mondo non interessava quel meraviglioso olio su tela di Fergnani, né la splendida incisione su lamina d'oro di Aligi Sassu e neppure (va' a capire come pensa la gente), una delle rarissime incisioni di bicicletta di Enzo Romeo... In effetti anche a me facevano ribrezzo e infatti davano bella mostra di sé tra la cantina e la soffitta. Quei quadri mi erano stati donati da mia nonna in un impeto di generosità come fossero un tesoro, ed invece si chiuse la settimana di vendite su Ebay con una serie di zero nelle caselle delle offerte. Feci due o tre telefonate ad altrettanti semiconoscenti in altrettante redazioni di giornale per vedere se serviva qualche bel reportage da Cuba. Cuba non tirava più come un tempo e quel vecchio miraggio degli investimenti nella Isla Grande che mi aveva fatto galleggiare decenni prima con articoli mirabolanti, era tramontato da un pezzo e i grandi speculatori, quelli che non erano stati depredati seguendo le mie preziose indicazioni, pare fossero spariti in un buco nero. Bisognava farsi venire un'idea... Acquistai dalla Cina dieci telefonini di ultima generazione, quelli touchscreen-double-sim e la sera che li ordinai mi accorsi che in televisione vendevano gli stessi modelli alla metà di quanto li avrei venduti io. Stanno ancora qui. Se qualcuno li vuole... Bene, era giunto il momento dell'intervento dello Spirito Santo. Lo invocai per giornate intere. Da bambino aveva funzionato: volevo ardentemente un orologio al quarzo uguale a quello del mio vicino di banco e tanto ruppi le palle a uomini e dei che, non so chi, me lo fece trovare un pomeriggio nella neve mentre camminavo. Tutto vero. Ma allora ero ancora un'anima accettabile. Ma che ne so, arrivò una telefonata. Era Alessandro, mio amico medico:

"Ale, come stai messo con Cuba?"

"Male, non ci vado da un pezzo..."

"Mhhhh, ti dovrei parlare di una cosa delicata..."

"Forza..."

"Ho un paziente, o meglio, il marito di una paziente malata terminale che sta davvero alla frutta..."

"Eh?"

"Dunque, sai che a Cuba stanno distribuendo quel farmaco, l'Escozul, che pare abbia buoni effetti sul cancro..."

"Ho sentito qualcosa..."

"Questo tipo è un generale delle Forza Armate, ha un sacco di soldi e vorrebbe tentare anche questa strada per la moglie...

insomma sta cercando qualcuno che vada a Cuba e sappia muoversi..."

"Io mi so muovere ma..."

"... pagherebbe tutto lui, volo, hotel, soggiorno, basta che qualcuno gli riporti un flacone..."

"Vado io!"

"Ma sarebbe domani, dopodomani al massimo..."

"Non ho un cazzo da fare... Vado io."

"Sei sicuro? Posso darglielo per sicuro?"

"Sicuro come la morte!" Ma mi accorsi subito che non era una gran frase.

Passai quello stesso pomeriggio a casa del generale. Mi guardò dalla poltrona con disgusto. In effetti erano giorni che non vedevo la doccia ma cercai di rassicurarlo sulla mia persona e sul buon esito dell'operazione. Dopo una decina di minuti entrò nella stanza la moglie. Era una specie di fantasma. Ovviamente calva e con un colorito orrendo. Da qualche parte in me si spense qualcosa. O si riaccese. La pellicola delle notti di Cuba si inceppò nel proiettore e mi sembrò di ricordare qualcosa che avevo dimenticato. Succede ogni tanto: si spegne tutto ed affiora qualcosa di vero. Una cosa così. Allora era un anno prima, un anno esatto, quando vidi mio padre salutarmi per l'ultima volta da un letto tormentato, scomodo, pieno di spilli, pieno di non detto, pieno di tutto quello che ci aveva diviso, pieno di tutto quello che ci avrebbe diviso per sempre, pieno di non perdono, pieno dei cromosomi che ci tenevano legati, pieno delle giornate dell'infanzia in cui suonando il piano ci raccontava un amore difficile, pieno dell'amore difficile che aveva cercato di darmi, pieno di quell'odore nauseabondo dell'assurdità delle cose-che-finiscono e della stupida lotta senza quartiere perché nulla finisca e tutto rimanga intatto come il primo bacio del primo sguardo alla vita. Ricacciai dentro tutto quanto ma, si sa, non è mai possibile mentire. Quella donna mi osservò per un istante e scosse la testa...

"Cosa c'è amore?" Fece il generale.

"...mio marito è convinto - rivolta a me - che quel medicinale possa farmi qualcosa... Io... Io..." E scosse di nuovo la testa. Non c'era bisogno che completasse la frase.

"No signora, ho molte amicizie a Cuba e mi dicono che è una specie di panacea... Ci sono state parecchie regressioni..." Mi fissò. Mi bloccai.

"Hai sentito amore? Perché sei proprio tu la prima a non voler tentare? Ti prego, proviamoci..."

La donna guardò il suo uomo con gli occhi di una madre e sono certo che lo guardò con la tenerezza con cui si leggono le storie degli eroi alle prese con gli enigmi. Lei era una dea, una dea spolpata fino all'osso dall'ossessione tutta umana di trasformare la realtà, la vita, in una faccenda personale.

Il generale mi mise in mano un sacchettino come fosse una consegna militare e mi fissò negli occhi.

"Alessandro, siamo nelle sue mani... Fra cinque giorni la aspettiamo qui"

Abbassai lo sguardo. "Non si preoccupi."

Sarei partito l'indomani. Avevo quattro giorni di viaggio che in poche parole volevano dire MASSACRO. Due voli, il fuso orario, le faccende da sbrigare. Scesi in strada con un umore terrificante. Ma non era il programma di viaggio a decidere il mio umore. Sentivo di avere paura. Paura che quegli strani giorni trascorsi un anno prima, in realtà non li avessi mai attraversati. In un'isola prima o poi devi vedertela con il mare. Non ci sono questioni. E solo in quel momento avevo la sensazione di aver nascosto molte cose a me stesso: la realtà di isola nella quale vivevo e le onde lunghe di quel mare che la circondavano, quelle che io affrontavo mettendo la testa sotto al cuscino. Bisognava bere. Non c'era altra soluzione. Mi ficcai dentro al primo bar che trovai ed ordinai una birra ad alta gradazione. E poi un'altra. E poi un'altra ancora. Poco a poco, molto lentamente, iniziò a ripartire il motore del mio proiettore preferito, della mia pellicola interrotta, e poco a poco una realtà si sovrappose all'altra. E quindi forse era una buona idea, già, una buona cosa, un'opera di bene, e al diavolo tutto il resto. Tutt'al più si può essere ingranaggi di qualcosa, pensai, portatori di un messaggio di armistizio per una guerra molto più grande di noi, e poi attendere la pace. Se pace è deciso che sia.

Quando l'aereo toccò la pista dell'aeroporto José Martí provai il solito fremito. Era buon segno. Durante il viaggio più di una volta mi ero sorpreso a fissare gli occhi di quella donna che stava morendo e avevo cercato di dirle di aspettarmi.

Ciudad Habana era sempre la città più meravigliosa della via lattea. Come una donna straordinaria la potevi sorprendere a qualunque ora, coi capelli spettinati, in vestaglia, senza trucco, e lei ti restituiva un sorriso di sbieco che declinava la sua divinità e la tua distanza dal cielo. E L'Avana in quel tardo pomeriggio era inzuppata di pioggia tropicale, e la pioggia la sorprendeva impreparata ogni volta come fosse la prima pioggia del secolo. Fiumi impetuosi si formavano ai lati delle strade principali che a loro volta creavano bacini artificiali in quelle secondarie e alle porte delle case c'erano negre con i bigodini in testa e bambini in braccio che osservavano tutto questo come un dispetto del vicinato.

Arrivai all'hotel poco prima di cena. Era un hotel lussuoso dove avevo messo raramente il naso e solo per prendere qualche cappuccino non indecente ad un prezzo indecente quando ne avevo voglia. Mi feci una doccia lunghissima e poi scesi subito a prendere un taxi per andare in qualche luogo noto della mia città. Avevo diversi soldi in tasca e in valigia avevo portato un paio dei miei cellulari di ultima generazione da vendere. Non mi potevo lamentare. Forse quel furore con cui avevo desiderato di essere lì per tutti i mesi precedenti era un po' scolorito. Sembrava un bagaglio di merce proibita bloccato alla dogana. Una pratica un po' lunga ma prima o poi qualcuno l'avrebbe sbloccata. Avevo fiducia. L'unica strada, l'unica che conoscevo, era quella di consumare con mestiere bibite alcoliche fino a che la pioggia non si fosse trasformata in cielo stellato, e poi continuare a bere con metodo, perché quelle stelle si sarebbero trasformate di nuovo in pioggia. Ero vecchio e lo sapevo questo genere di cose.

I miei magneti interiori mi portarono al ristorante al piano terra dell'Habana Libre. Non aveva niente di bello o di caratteristico quel ristorante. Semmai era stupidamente moderno, una specie di fast food caro, ma come tutte quelle cose insulse che diventano significative con il loro semplice uso negli anni, quel ristorante era dentro di me in qualche modo, roba così. Ordinai una pizza di cartone e pomodoro, una birra e guardai fuori. Nessun viso noto, pochi cubani, pochi turisti. Mi voltai a destra e fu lì la prima volta che rividi mio padre. Era seduto ad un tavolo rettangolare da quattro e ai lati maggiori c'erano due puttane. E poi c'era un tizio giovane, un po' a disagio, che sarei potuto essere io ma con quindici anni di meno, che guardava le cose con gli occhi di dio. Mio padre gesticolava e cercava di puntellare il suo spagnolo zoppicante con un non verbale da antologia. Le donne ridevano ma osservando con attenzione, potevo notare che gli occhi di mio padre erano tristi. Pensai ad un attore di teatro devastato dalla vita ma obbligato alla commedia, obbligato da un programma di repliche sottoscritto quando c'era la felicità. Lo guardai ancora per un po' e non mi sembrava il momento migliore per interromperlo, per dirgli qualcosa su quella tristezza e su quell'obbligo di commedia che aveva torturato la sua esistenza.

Uscendo in strada pensai ad una strana ironia della sorte. Pensai al piano di lavoro che mio padre mi aveva consegnato intatto, una specie di eredità, quella di rappresentare con qualsiasi tempo, pioggia o sole, la solita commedia. E pensai all'alcol, quello strano metronomo delle mie giornate, che aveva una sua saggezza ed una sua imperturbabilità.

Arrivai alla Casa della Musica che era ancora presto. Passai quasi un'ora a camminare avanti e indietro fino al parco buio che si affaccia davanti alla clinica Cira Garcia. Ero stanchissimo ma quattro giorni passavano in fretta ed era obbligatorio che io stessi lì sveglio a vedere quello che succedeva. Verso le 23 entrai nel locale. Presto avrebbe suonato un gruppo minore di merengue. La gente era poca: un campione minimo di prostitute di basso livello, una ventina di turisti, qualche coppia, poco altro. Dovevo bere. Iniziai con il rum. Me ne feci portare cinque bicchieri a ripetizione e ben presto assistetti alla solidificazione dei liquidi. Il liquido era il rum, appunto, che si solidificava come un palla di cristallo nel centro esatto della mia testa, in mezzo agli occhi. Il gruppo cominciò a suonare e la gente a ballare. Io decisi di ormeggiare i miei occhi sulla minigonna della prima ballerina e lo feci per non avere il problema di decidere dove guardare. In realtà odiavo il merengue, però la mia era, in fondo, soltanto un'attesa. Attendevo che qualcuno mi chiamasse dalla dogana e mi restituisse il bagaglio di merce avariata che avevano bloccato. Ma quella chiamata non arrivava. Passò del tempo e suppongo che agli occhi del mondo apparivo come una statua di sale vittima di un incantesimo. Ad un certo punto il gruppo terminò. Misero una musica più lenta e meno alta. Le coppie compresero che era giunto il loro momento e si lanciarono sulla pista. Io dovevo pisciare ma dovevo farlo senza dover camminare fino al bagno. Faccenda complicata. Versavo in questa penosa impasse quando si venne a sedere accanto a me la prima ballerina.

"Mi offri qualcosa? Sei italiano?"

"Sì."

"Sì che sei italiano o che mi offri qualcosa?"

"Sì che sono italiano"

"Sei arrabbiato?"

"... Con nessuno in particolare... Dai, che prendi?"

"Una piña colada"

"Mhh, ok, io cerco di andare al bagno... Chiedi al tipo una piña colada e altri due rum..."

"Stai con qualcuno?"

"No, i rum sono per me, è che fanno le dosi piccole questi bastardi...".

Pattinai fino al bagno. Pisciai scompostamente per dieci minuti poi strisciai di nuovo fino al tavolo.

"Ti chiami?"

"Mileidy."

"Allora, ciao Mileidy, balli molto bene. Che altro sai fare?"

"Molte cose." Disse con aria maliziosa.

"No, non quel tipo di cose, quelle le sa fare anche mia nonna... dico così... Quali sono i tuoi talenti?"

"Talenti... Mi piace ballare... Vorrei andare all'estero con qualche gruppo di ballo... Mi capisci..."

"Hai visto molti film?"

"Che vuoi dire?"

"Se hai visto molti film... Va molto questa storia dei ballerini che prima soffrono ma poi trovano il successo e alla fine ballano davanti a una giuria..."

"E che c'è di male?"

"Non lo so... Qualcosa di male c'è, ma ora non mi viene in mente..."

Rimase perplessa per molti secondi. Io mi pentii immediatamente di essermi cacciato in un discorso senza senso.

"Hai dei problemi con l'alcol?" Fece a bruciapelo.

Questa domanda mi innervosì immediatamente come avesse toccato qualche nervo scoperto.

"Problemi con l'alcol dici?" E presi ancora un po' di secondi per riflettere.

"I problemi con l'alcol li hai nel momento in cui li vivi come problemi... io non li vivo come un problema..."

"Ti piace stare così?" E fece un gesto col palmo della mano rivolto alla mia persona traducibile con "in queste condizioni".

"C'è di peggio in giro... Guardati intorno... E poi io faccio pochi danni... E poi l'alcol mi dà il ritmo, hai presente?"

Si mise a ridere. La mia non era una battuta. Lei rise uguale. Diede un sorso e poi si guardò intorno con un'espressione che diceva: Ma guarda te chi mi doveva capitare...".

"Ti ammazza." Fece provocando l'effetto di un diretto al volto.

"Sì, me l'hanno detto... Hai altri argomenti così frivoli?"

"Già, in effetti non sei mio fratello... Fatti tuoi... Stai in hotel?"

"Quanto prendi?"

"Ah, vediamo... - e sorrise - per un ubriaco che neanche si sa se ci riuscirà... Facciamo ottanta."

"Cinquanta."

"Non meno di sessanta."

"Ok, sessanta, aspetta... Mi prendo un'altra dose di quello che mi ammazzerà e andiamo... E ce la farò, cristo se ce la farò!"

sbattendo il pugno sul tavolo, stavolta con l'intento di farla ridere. E lei sorrise.

Dopo aver pagato il pizzo al guardiano dell'hotel, ci accasciammo sul letto. Tutto girava in modo banale. Il solito giramento, la solita ubriachezza. Non avevo grandi fantasie per la notte. Ero stremato ma c'era una donna a venti centimetri da me e qualcosa dovevo pur dirle. La cercai con la mano come un cieco e lei mi diede la mano. Tutto qui.

"Che ci fai a Cuba?"

"Non lo so..."

"Come non lo sai?"

"Ti è mai capitato di fermarti un attimo nel mezzo del ballo e domandarti perché?"

"No, non mi è mai successo... O, sì, forse una volta... Quando non ti senti al tuo posto vuoi dire?"

"Una cosa così... "

Non avevo gran voglia di proseguire la conversazione. Era necessario continuare ad essere qualcosa di valutabile e misurabile. Un po' come un oggetto della scienza. Fegato ingrossato, uomo bianco sui quarant'anni, trovato su un letto mentre teneva per mano una prostituta. Roba così. Accesi la luce, presi 60 cuc dal comodino e li diedi a Mileidy. Spensi la luce e le diedi la buonanotte.

"Vuoi che me ne vada?"

"No."

"Vuoi fare l'amore?"

"No."

Appoggiò solo la testa sul mio petto e s'addormentò. Era quello che volevo. Io non so se m'addormentai. So soltanto che dopo qualche minuto sentii dei rumori dalla stanza vicina. Nel silenzio della notte erano rumori assoluti. C'era la voce di un uomo che parlava ad una donna. Avvicinai l'orecchio alla parete. Era la voce di mio padre. Era facile da riconoscere, era molto simile alla mia. Parlava di cose che conoscevo e si dilungava su argomenti astratti. Raccontava una storia. Raccontava la sua versione di una storia ad una puttana qualunque. Diceva che gli eventi della vita lo avevano portato su strade che non aveva scelto. Che aveva tradito qualcosa di quelle premesse che aveva formulato faticosamente nella sua gioventù. Ed ora navigava a vista, in un mare non suo, con compagni di viaggio che non gli erano amici. Più di una volta avrei voluto interromperlo con qualche argomento, ma non ne avevo il coraggio. Avrei voluto dirgli che avevo compreso la lezione o roba del genere ma che comunque non era una passeggiata rimanere fedeli a se stessi. Forse si addormentarono o forse smisero di avere parole. Le parole hanno a che vedere con la realtà quanto i capricci di un bambino hanno a che vedere con la sofferenza.

Quando mi svegliai era un orario scandaloso: le undici passate. Avevo un compito da portare a termine e non era facile sostenere lo sguardo di quella donna moribonda che faceva capolino con costanza nei miei pensieri. Fossi stato uno scrittore avrei composto subito qualcosa su quella strana follia in cui viviamo, nella quale dipendiamo da cose fragili, come dagli umori o dalle sveglie di uno che può salvarci la vita. Io dovevo salvare la vita a quella donna. E non era affare mio come la avrebbe spesa. Era il mio pigrissimo compito. Salutai con una manciata di parole Mileidy e mi misi in strada.

Alle 11,30 stavo davanti allo splendido edificio della Labiofam. Con la coda dell'occhio individuai una fila mostruosa ma non volli accettarla del tutto. Non poteva essere la mia fila. Invece un impiegato che stava davanti all'entrata mi confermò che era la mia fila, che mi stava aspettando con un sorrisone grande così e che non c'erano scorciatoie. È importante dire che io non soffro di fobie particolari o sindromi da attacchi di panico, però ho concentrato tutte le mie nevrosi su un unico fenomeno della vita, uno solo: le file. Non è uno scherzo, le vivo come le condanne bibliche, mi terrorizzano, i miei indicatori cardiaci si modificano, mi viene da piangere. Non sopporto quelli che stanno dietro e cercano un mio punto debole per superare, non sopporto quelli che stanno avanti e mi guardano con pietà. Niente di simbolico o profondo. Guardai questo biscione umano con terrore e rabbia: da un lato c'era quella donna che nella mia testa incalzava con "Mettiti in fila, mettiti in fila..." e dall'altro tutto il mio essere che ribatteva: "Non ci penso nemmeno, no no no...". Me ne andai. Avevo tre giorni per escogitare una strategia e quello poteva essere considerato come un iniziale contatto con il nemico. Rassicurai la donna con una serie di promesse e sembrò acquietarsi. Dovevo farmi venire una bella idea. Mi parcheggiai in una cafeteria di Vedado in attesa del miracolo. Sorseggiai un caffè orrendo ma il miracolo tardava ad arrivare. C'era una sola persona che mi avrebbe potuto salvare, lo sapevo già. Renè. Renè, oltre ad essere la migliore persona del mondo, traffica in ogni tipo di cosa. Soprattutto in farmaci. Li compra chissà dove e li rivende a chissà chi. Ha messo su una tale rete di contatti e una tale competenza in materia che molti vanno direttamente da lui a farsi visitare. Non sbaglia una diagnosi. Ottima persona Renè. Ed ottimo medico. Lo chiamai sul cellulare e mi raggiunse in cafeteria un quarto d'ora dopo. Dopo una serie di abbracci mi confessò di andare di fretta. Aveva un borsone pieno di pasticche e c'era un intero padiglione sanitario che lo aspettava. Gli parlai dell'Escozul e si fece preoccupato.

"È un bel casino... Lo danno gratis ma hanno paura che qualcuno ci speculi sopra con i turisti... C'è una fila da far spavento da quelle parti..."

"Lo so, ci sono stato poco fa..."

"Devi fartelo dare da qualche malato..." E lo disse come parlasse di frigoriferi.

"Cioè?"

"Cioè, o ti fai la fila o ti metti d'accordo con qualcuno che ne ha diritto..."

"Non conosco nessuno... E poi la toglierei a chi ne ha diritto...e bisogno"

"Sì, ma per soldi qualcuno lo fa..."

Aveva fretta. Aveva bisogno di chiudere.

"Non conosco nessuno... Dammi una mano... Devo avere quel farmaco se no non torno in Italia..."

"Lasciami pensare... Vedrai che qualcosa mi invento..."

Inforcò di nuovo la bicicletta e sparì a tutta velocità in una traversa di calle 23. Non c'era molto altro da fare che attendere. In fondo non facevo altro da una vita. Attendere. Passai dal caffè alla birra fino a che non sentii il bisogno di buttare giù un bocadito jamón y queso. Dovevo alimentarmi e sopravvivere.

Verso le 17 tornai in hotel. Il fuso orario e la stanchezza stavano tirando le ultime somme del conto da presentarmi. Arrivato alla reception sentii le gambe cedere e mi appoggiai al banco per non crollare.

"C'è un messaggio per lei..."

"Per me?"

E mi allungò un biglietto scritto con una calligrafia infantile.

"Mi chiamo Jenny, vengo da parte di Renè per quello di cui hai bisogno. Passo in hotel verso le 20."

Mi venne fuori un sorriso decente e salutai il portiere come fossi un vecchio che la sapeva lunga in fatto di donne.

Verso le 20 mi appostai nella saletta/bar di fronte alla reception. Avevo dormito un po', mi ero lavato e sembravo un turista. Non era certo quella la vacanza che avevo sognato ad occhi aperti per mesi ma non era il caso di fare scandali. In fondo ero a Cuba, mi apprestavo a compiere un'opera di bene e sapevo come pagare quello che c'era da pagare. C'era chi stava peggio tutto sommato. Dopo una decina di minuti si avvicinò al mio tavolo una donna. Una ragazza. Quello che restava di una ragazza. Saranno stati una trentina di chili di essere umano e tutto il suo aspetto era un segnale di emergenza. Aveva un colore strano, ambrato per sfinimento, come se la pelle non potesse dare altra risposta al sole. Ma era stanca di farlo. Ci guardammo per un secondo negli occhi e notai che solo i suoi occhi non avevano perso peso. Piuttosto sembravano aver acquisito un peso specifico simile a quello del piombo ed avevano una colpa da distribuire in parti uguali a tutti gli esseri umani che incontravano.

"Jenny?"

"Sì, Jenny... E tu sei Alessandro..."

Mi affrettai a metterle una sedia a disposizione ma quella mi guardò con rabbia. Aveva una voce meravigliosa, come un suono informato di tutte le gioie e di tutte le tristezze dell'universo. Nonostante il suo aspetto, aveva una dignità inviolata. Ti guardava negli occhi ma non erano occhi che chiedevano aiuto. Semmai dicevano con forza a tutte le cose che facessero presto. Presto, qualunque fosse stato il loro programma. Indossava vestiti molto poveri ed una gonna a fiorellini che aveva senz'altro avuto una gloria recente.

"Jenny... Hai visto che tempo?"

Non batté ciglio alla mia domanda priva di senso. Anzi, guardò fuori.

"È buio... Buio da far paura... Ma non fa paura..."

"Già..."

Guardai il suo viso ossuto fino al collo e osservai una minuscola catenina alla quale erano appese due iniziali, la A e la P.

"Hai dei figli?"

Gli occhi deviarono leggermente verso destra.

"Sì, due, Alejandro e Pedro... Hanno sette e cinque anni... Sono due ometti..."

Sorrisi. Guardai altrove e feci per stropicciarmi gli occhi per dissimulare qualcosa.

"Il padre?"

"Ah, figurati... Sparito... Da un paio d'anni, ma va bene così..."

"Certe volte è meglio così, no?"

"Già..."

"Prendi qualcosa..."

"No, grazie..."

"Dai, qualcosa... Una birra, un panino... Quello che vuoi...", insistei.

"Non posso!" Alzando leggermente il volume.

"Ah, ok... Non fare complimenti..."

"Dunque, Renè mi ha detto quello che ti serve... Io... Be'... Io ho diritto all'Escozul... E devo prendere il flacone per questo mese... posso andare a prenderlo anche domani se vuoi..."

Non riuscivo a guardarla negli occhi. Mi affrettai a sorseggiare la mia birra. Non mi usciva neanche una parola.

"... Posso dartelo, non c'è problema... Io, però... Mi vergogno soltanto a dirtelo, ma mi servono soldi..." E i suoi occhi si fecero ancora più belli e più forti di quel buio che sembrava aver trovato le chiavi di quell'hotel e dei nostri pensieri.

"... Ho promesso a mio figlio un cellulare ma non ho i soldi per comprarglielo... Non so come fare..."

"Jenny... Io, io... E tu poi come fai?"

"Io? Io, è tutto a posto... Io non sono in pericolo io... Non deve essere preoccupazione tua..." E guardò per la prima volta in basso. In basso alle sue emozioni.

"Mi servono 100 dollari... Lo so che sono tanti, ma sono quelli che mi servono..."

Mi venne da piangere. Non potevo sostenere quell'ultimo periodo. Girai completamente il capo verso la vetrata e individuai una luce a largo, in fondo all'orizzonte. Era una luce che parlava e mi diceva che l'idea di viaggio che ancora da qualche parte reclamava il suo spazio stava tramontando come una stella morta. E non era colpa di nessuno. Tramontava per un'assenza di centro nell'universo, per una cosa impersonale, una cosa così.

"Nessun problema, davvero... Nessun problema... C'è una donna in Italia che mi ha mandato qui a prendere quel maledetto farmaco e io..."

"Nessun problema... Domani mattina lo vado a prendere e te lo porto nel pomeriggio... siamo d'accordo" E mi diede una mano piccola e fredda che avrei tenuto nella mia fino a che non fossimo diventati niente insieme.

Dopo cena decisi di andare a stemperare il magone nell'unico modo che conoscevo. Nell'unico luogo che conoscevo. Per fortuna la cafeteria dell'hotel Ambos Mundos non chiudeva mai. Ed era una specie di porto per imbarcazioni colpite da una qualche tempesta. Era sufficiente raggiungere, in un modo o nell'altro, il molo, e poi c'erano poltrone abbastanza morbide per sopravvivere. Mi gettai su una di quelle ed iniziai ad ordinare rum con ghiaccio. Al terzo bicchiere cominciai a sentire della musica, la solita musica nell'aria. Le solite canzoni, quelle che vorresti sentir ripetere in eterno nel tuo mondo personale, in un mondo dove nulla ti stanca e nulla fa male. Ecco, il Café

Ambos Mundos ricordava un mondo su misura, dove il tempo era sospeso e la vita era un percorso decifrabile, e tutto aveva senso e il nulla giocava fuori casa e lo ammazzavi con una buona battuta.

Verso le 23 arrivò un gruppo di italiani e venne a sedersi ad un tavolo ovale a pochi metri da me. Li osservai con attenzione e notai mio padre tra loro, abbronzato e sorridente. Non era il caso di farmi trovare così. Cercai di nascondermi dietro al bicchiere ma non servì. Dopo pochi minuti mio padre venne a sedersi al mio tavolo.

"Stai bevendo parecchio..."

"Già..."

Sorseggiai di nuovo dal mio bicchiere e cercai di ricacciare da qualche parte le immagini che si sovrapponevano ad intermittenza. Non ci riuscii. C'era mio padre lì davanti a me, bello ed abbronzato, ma veniva sostituito da quello che rantolava in un letto senza speranza e chiedeva a un dio qualunque che se lo portasse via subito, appena avesse provato pietà.

"La Roma ha perso lo scudetto per un soffio, hai visto?" Dissi.

"Sì, ho visto... La solita Roma..."

"... E credevamo tutti che fosse l'anno buono e che le cose fossero finalmente cambiate... Sai, fa stare bene, anche solo per un po', sapere che le cose cambiano..."

"E tu?"

"Io... Eccomi qui, come mi vedi... Quello che sai... Immagino che tu abbia una buona visuale..." Sorrise.

"... E so di essere tempo che passa... E una serie di altre cose... come quelle che non ci siamo detti... Ma forse è tutto a posto così... In fondo siamo tutti esseri alle prese con la propria morte..."

"Una frase da scrittore, un po' carica ma da scrittore... E scrivi?"

"Lo sai... Che fai, mi sfotti?"

"Forse... Ma è pieno di fogli bianchi in giro e c'è sempre quel grande orologione che non perde un secondo... Comunque non è affar mio in fondo... è un rompicapo tutto tuo..."

Distolse lo sguardo. Sembrò cercare qualcosa in un punto non lontano dal piano. Non la trovò. Poi mi fissò:

"Sei tu che mi stai cercando... Cosa vuoi?"

"Sì, in effetti... è come se cercassi sempre una parola ultima, una ragione convincente a tutto quello che è successo... è come se mi aspettassi che tutte le musiche che suonavi al piano, tutte le passioni con cui mi hai contagiato, la lettura intensa di certe poesie, i libri, i film, convergessero magicamente in un punto, in una risposta sensata, avesse tutto quanto una ragione finale... Come in un cattivo film, o in un cattivo libro, non so se mi spiego..."

Continuò a fissarmi ma non parlò.

"... Mi sono sentito tradito, come mi avessi dato complicatissime regole di un gioco ma, alla fine, ti fossi dimenticato di rivelarmene il senso... Ed ora sto qui, che mi ripasso in modo ossessivo il loro canovaccio ma non conosco il gioco, non è più un gioco..."

Abbassò lo sguardo e sembrò cercare le parole migliori.

"Ale, non c'era nulla da dire... Mi dispiace... Ci sono solo le cose nelle cose... Il dolore nel dolore, la bellezza delle note, il senso d'infinito di certe parole, il sorriso e il sapore di certe donne e sono cose vere, relativamente vere e solide... Come vera può essere una buona partita della Roma... O la trama di un libro, non c'è altro..."

Ci guardammo ancora per diversi minuti. Non ci venne altro da dire. Adesso la musica del piano entrava nei miei pensieri come un soffio morbido e li calmava. Era chimica. Erano pensieri. Era questa onda di elettricità nel vuoto che siamo, che ero quella sera, in un aggregato di elementi che esseri strani hanno chiamato Cuba, Habana, Cafè Ambos Mundos, nel caleidoscopio dell'universo.

Quando mi svegliai la mattina dopo fu di soprassalto. Era molto tardi ma sentivo nel corpo un'urgenza come fossi stato un impiegato a cui non era suonata la sveglia. Dalle finestre della stanza osservai nuvole nere e più in basso esseri umani che cercavano di ripararsi e di affrettare il passo. C'era l'urgenza ma faticavo a rintracciarne una causa. Mi fissai per alcuni minuti nell'ampio specchio del bagno e capii che sentivo l'urgenza di tornare. Tornare alle mie cose, alla mia casa, al mio mondo che, come sempre, avevo lasciato in un'eterna metà. Vivevo di rapide sortite ed ancora una volta sentivo il dolore dello spazio aperto e volevo tornare a casa. Non c'è persona più attaccata al proprio mondo di chi decide di esplorare. Questo mi venne in mente lì davanti e mi convinse per un po'. Il tempo di raggiungere la strada e di iniziare a camminare. Mi imposi un programma: dovevo vendere i miei due telefonini, raccogliere un po' di soldi e passare un paio di sere da ricordare. Era una maniera per scrollarmi di dosso tutto quanto ed onorare a modo mio quel segmento di tempo che mi era concesso. Feci un giro dalle parti di Cuatro Caminos e cercai di rifilare quei due falsi cinesi ad un paio di ceffi che bighellonavano davanti al mercato. Rigirarono varie volte gli apparecchi nelle mani ma poi mi liquidarono con espressioni perplesse. Gli apparecchi si vendevano, ma il problema era il prezzo. Io chiedevo uno sproposito secondo loro e quindi recitavo la parte dell'incompreso e me ne andavo. Nessuno mi richiamava. Passai a proporre l'affare a Felito a Lawton ma anche lui sembrò poco interessato alla cosa: avrebbe avuto bisogno di tempo, qualche settimana e li avrebbe venduti. Ma io non avevo tempo. Tornai frustrato all'hotel quando era già pomeriggio e stava per arrivare Jenny.

Non feci in tempo ad appoggiarmi al bancone che mi sentii chiamare. Era Jenny. Fosse stata cosa possibile aveva il viso ancora più pallido del giorno precedente. Due cascate nere e lucide solcavano le sue guance, il resto era un'infinità di variazioni del grigio, un grigio che in ogni sua versione chiedeva aiuto. Ci sedemmo di nuovo allo stesso tavolo e lei sembrava avere fretta. Le mani le tremavano impercettibilmente e me ne accorsi quando posò sul tavolo una boccetta di color avorio. Non aveva molto da dirmi che non me lo raccontasse la sua presenza: era stanca, sentiva dolori, mi disprezzava e teneva in un solo fascio di senso un'infinità di fili assurdi. Aspettai prima di toccare la boccetta. Mi metteva paura. La osservai a distanza come si osserva un meteorite appena piovuto dallo spazio.

"C'era molta fila?"

"Sì."

"E sei stanca?"

"Sì, ma non è niente... Vorrei i miei soldi e poi andarmene..."

"Certo! Li ho in camera... Vieni su con me..."

Mi seguì con difficoltà. La sentii ansimare alle mie spalle e provai a darle la mano ma non la volle toccare. Quando entrò in camera aveva un velo di sudore che le imperlava la fronte e la mandibola contratta.

"Jenny... Siediti, ti prego..."

"Sto bene..."

"Lo so che stai bene... Ti prego, ho bisogno di parlare con te dieci minuti..."

"Non hai i soldi?" Con gli occhi pieni di spavento.

"No, macché, ecco i tuoi soldi..." E le misi in mano i suoi cento dollari. Li osservò con rispetto, li piegò per bene e li sistemò dalle parti del suo seno inesistente.

"Che vuoi?"

"Non so..."

"Dici che mi devi parlare..."

"Non so... Jenny... Non so che ti devo dire... è che sento che non devi uscire da quella porta..."

"Devo andare a casa..."

"Lo so..."

"E allora?"

Diedi una tirata forte alla mia sigaretta e sentii uscire una serie di parole dalla mia bocca che non mi avevano avvisato.

"Ti sembrerò pazzo... Ne sono certo... Ma io voglio stare con te..."

Fece un respiro molto profondo e sembrò non trovare risposte a quella strana lingua con cui la avevo invasa.

"Che vuoi?"

"Allora, vediamo... Voglio che non esci da quella porta, che ti fai una doccia, io vado giù e ti compro un bel vestito, ti metti un po' di trucco ed usciamo insieme..."

"Ma che stai dicendo!" Fece con rabbia.

"Quello che ti ho detto" Scoppiò a piangere, così, senza preavviso.

"Ma tu sei matto... Che cazzo vuoi da me... Non mi vedi? Io sono una donna malata... Non mi reggo in piedi... Io sto morendo..."

"Vaffanculo Jenny! Tutti stiamo morendo!"

Ci abbracciammo. La sentii minuscola nella mie braccia. Con un minuscolo cuore che le batteva forte.

"Lasciami provare... è un giorno solo... Un giorno soltanto... poi arriverà domani e ce la vedremo con lui domani..."

Rimase arresa nelle mie braccia come se tutta quella forza che la sorreggeva fino a quel momento fosse scivolata via per la porta secondaria.

"Sono una donna finita... Sono una donna che non c'è più... Sono una donna con una rabbia grande come il mondo..."

"No, sei una donna bellissima..."

"Non sento questa parola da un'eternità... La malattia mi ha fottuto... Mi ha fregato... Io non ce l'ho fatta..."

"Sei una donna bellissima... Credimi."

"Ho tre settimane, forse quattro..."

Le chiusi la bocca con il palmo. La fissai negli occhi.

"Ti prego... Questa notte soltanto..."

Appoggiò il mento sulla mia spalla e continuò a piangere. Senza che la guardassi trovò più facile parlare.

"Sono disperata... Disperata... Era una bella idea di vita la mia... Amavo la mia famiglia, i miei figli... Non chiedevo altro... Sai quando senti che niente ti fa paura... Poi... Così... In un attimo..."

"Dimmi che non te ne vai..."

"Perderò le forze... Mi dovrai prendere..."

"No che non succederà... Sarai la mia donna..."

"Perderò le forze e ti farò paura... E proverai schifo, pietà... Te ne pentirai..."

"Non me ne pentirò... Non ho paura!" E la fissai di nuovo oltre gli occhi, oltre il nero delle sue pupille, in quel luogo in cui era immortale.

"Perché? Perché lo fai?"

"Ancora non hai imparato? Cos'altro ti serve per non chiedere più il perché delle cose?"

Rifletté per alcuni secondi. "Aspettami giù..."

Appena avvicinai le labbra al bicchiere di rum sentii di non aver bisogno di altro. Avevo preso un vestito alla boutique dell'hotel e Jenny si stava cambiando ed io ero un uomo che aspettava la sua donna. Non avevano più presa dentro di me i pensieri sul senso di quel viaggio. Era come se la realtà stesse facendo il suo corso, un po' come la giustizia, ma non era la giustizia. Se il problema era ciò che non capivo dentro e fuori di me allora mi sarei dovuto fermare molti anni prima. Semmai era un problema di correnti. Di vento e di correnti. Si trattava di farsi portare e magari, se si trovava il tempo, guardare la bellezza dell'orizzonte e delle onde, quelle che più in là sarebbero diventate una minaccia.

Quando si spalancò la porta dell'ascensore vidi qualcosa di profondamente lontano da una donna, ma ciononostante, di una donna la sua essenza. Dieci passi la separavano da me e furono i dieci passi migliori che ricorderò nella vita. C'era paura, ma anche forza, pentimento, ma anche rabbia, grazia, immortalità. Sentii il suo profumo ed una luce che rifrangevano i suoi occhi che aveva qualcosa di religioso. Prese il mio bicchiere e diede un sorso. Trattenne un colpo di tosse e mi guardò spaventata.

"È tutto a posto... Sei bellissima."

Cenammo nel miglior tavolo del Floridita. Jenny aveva capito. Aveva capito tutto. Ordinava i piatti migliori, e rideva. Le feci provare il Chianti e le spiegai che quel vino veniva dalla mia terra. Che l'uva da noi nasceva su colline morbide piene di colori e durante la vendemmia la gente era felice. Non l'aveva mai bevuto e sembrò sorseggiare quel vino come si sorseggia un ricordo chiudendo gli occhi per trattenerlo dentro. Mi sembrava avesse ritrovato un po' di colore ma ogni tanto si fermava e impallidiva. Capivo che era un dolore ma fingevo di non vedere. Lo attraversava come si attraversa un piccolo segreto o il suo ricordo. Poi tornava a ridere, e a parlare di niente, e a raccontare di sé. Quella sera mi fu chiaro perché la gente andava nei ristoranti di lusso. Era ovvio. Là c'era l'illusione di fermare il tempo. Di togliere per un paio d'ore il vestito che la vita c'aveva cucito addosso. Passava il tempo e mi guardava negli occhi. Ed era bello sentirmi contagiato dalla sua allegria. Aveva capito tutto. Era quella la sera che sognavamo io e lei, da sempre. Mi divertii con un po' di giochi di parole, cercai nella memoria vecchie storielle che mi erano capitate a L'avana anni prima, vite prima. Le mostrai dalla finestra alcuni palazzi che avevo visitato insieme ad una delegazione governativa quando mi ero spacciato per un ricco investitore italiano. Rise di gusto. Poi si fermava ed andava al bagno. La seguivo con lo sguardo e i suoi occhi diventavano tristi ma stringeva i denti ed era forte, la donna più forte dell'universo.

Verso la fine della cena tornò pallida. Allora le presi la mano e la tenni stretta.

"Ale, se non fossi una donna che sta morendo, io... Io..."

"Smettila... affanculo questa parola... anch'io Jenny...anch'io..."

Una volta in strada si lasciò abbracciare. Aveva il profumo di un fiore senza tempo. Facemmo un po' di passi ancora.

"Mi sento male..."

"No, aspetta... Aspetta..."

"Ti avevo avvisato... E tu mi hai detto che non avevi paura..."

"Non ho paura..."

La presi in braccio poco prima che cadesse e montammo sul primo taxi. Dopo alcuni minuti il suo respiro era tornato normale e le sue mani non erano più fredde e i suoi occhi avevano ricominciato a dare sberle al mondo.

"È tutto a posto... Sei bellissima."

"Sì... Fammi il piacere... Bellissima..." E fece un sorriso di traverso.

Sentimmo la voglia di darci un bacio. E fu un bacio diverso da tutti i baci del mondo.

Quando quella notte facemmo l'amore ebbi la netta sensazione di essere stato il miglior Alessandro possibile. Era una sensazione. Come quella che si ha quando si gioca una buona partita. E si accompagnava al sapore delle migliori giornate della vita. Era stato un cammino difficile, nel quale Jenny più di una volta aveva dovuto combattere con tutti i suoi limiti ed aveva vinto una battaglia dietro l'altra ed io l'avevo tenuta per mano, sempre, senza paura, come le avevo promesso.

Restammo abbracciati sperando che nulla cambiasse. Che quella maledetta luce del domani non entrasse, che L'avana non ricominciasse a ruminare come un gigante volgare.

Prima che se ne andasse le infilai di nascosto i due cellulari cinesi nella borsa e le diedi un bacio che dura ancora oggi.

Erano le dieci ed avevo una enorme voglia di andare via. Ma non era un problema di aerei o di città. Era un indeterminato desiderio di non vedere più, di non sentire più, di non capire più. Decisi che camminare era buona cosa e lo era anche intercettare i volti per la strada. Tutto il mio programma di viaggio era franato sotto il fuoco nemico ed ora restavano ore stonate come quelle di un transito ferroviario in un anonimo paese di campagna. Camminai a lungo senza una meta. Quella del destino era una favola vecchia, ora andava di moda il caso o il nulla, o il senso dell'assurdo, ma era come se vedessi camminare accanto a me tutti gli uomini che nella storia avevano assaporato quella percezione, e la avevano attraversata senza aver trovato una risposta e camminavano lungo strade senza nome, sconfitti.

Mi ritrovai davanti all'ingresso della Labiofam. Osservai come un documentarista quel mostro strisciante che si muoveva pigramente e che molti chiamavano fila. Non aveva nessun senso che io stessi là, ero buono solo per intasare ancora un po' un luogo già saturo di umanità. Accesi una sigaretta. Guardai. Stavo per andarmene quando mi apparse l'immagine di Jenny mentre si teneva in piedi, la sera prima, per non cadere giù. La forza e la determinazione sono l'unica arma da opporre agli accadimenti. Non c'era questione. Non modifica le cose ma per lo meno le contrasta nel loro corso naturale. Minima consolazione ma si sa, si vive di consolazioni minime. Fu lì che presi la decisione di mettermi in fila. Piccola cosa, lo so, però atto enorme nelle mie ossa spaventate. Mani dietro la schiena, sguardo in avanti e aspettare, aspettare. Più di una volta stavo per cedere alla voglia di scappare ma non volevo darla vinta a nessuno. Mi sentivo come una mosca che si era messa volontariamente sotto ad un bicchiere. E mi guardavo. Dopo alcune ore fu il mio turno. Misi nelle mani di una donna in camice azzurro la cartella medica della moglie del generale e quella la osservò preoccupata.

"Situazione compromessa..."

"Vogliamo tentare... Il marito vuole tentare... Io sono venuto qui per loro..."

La donna non disse altro e fece due segni di matita sulla cartella. Dopo pochi minuti tornò con un flacone identico a quello che il giorno prima Jenny mi aveva messo in mano. Provai un sentimento di tenerezza per quel flacone. Uscendo da quel luogo sentii una strana soddisfazione. Dipendeva naturalmente dall'avercela fatta, ma anche dal progetto che avevo in mente. Ripresi a camminare sotto il sole rovente di un rovente primo pomeriggio avanero. Giunsi davanti alla casa di Renè che erano le 16. Avevo una faccia sconvolta e me ne accorsi guardando quella di Renè quando mi aprì.

"Che hai fatto? Entra... Sei un bagno di sudore..."

Mi sedetti sul divano e mi attaccai ad una bottiglia d'acqua.

"Allora? Hai finito i soldi che giri per L'Avana a piedi?" - "No... senti, ho bisogno di un tuo favore..." - "Certo" - "No, mi devi giurare che mi fai questo favore..." - "Ho detto di sì, qualsiasi cosa sia" - "Ti lascio questa boccetta e tu la devi dare a Jenny, quella ragazza che mi hai mandato..." - "Non capisco... Lei ti ha venduto una boccetta e tu gliela ridai?" - "Non fare domande... Ho bisogno che tu le porti questa boccetta e mi devi promettere che lo farai e non ti farai venire la voglia di rivenderla o storie così..." - "Ma quella sta morendo... Non l'hai vista?"

Mi innervosii. Presi il portafoglio e misi 100 dollari nelle mani di Renè. Li guardò perplesso e fece per rifiutare.

"Prendili. Voglio solo che fai arrivare oggi questa boccetta nelle mani di Jenny..." - "Te lo prometto..." - "Dillo di nuovo" - "Te lo prometto."

Non avevo voglia di continuare a parlare. Lasciai casa di Renè immediatamente e arrivai in taxi fino all'hotel. Mi sdraiai un po' sul letto ma non riuscivo a non sentire il profumo che Jenny aveva lasciato. Quello mi ricacciava in quella strana orbita dove la parte del leone la facevano l'impotenza e l'ingiustizia. Continuai a fissare il soffitto per molti minuti poi mi attaccai al telefono.

"Pronto?" - "Renè, sono Alessandro... Gliel'hai data?" - "Sì, gliel'ho data... Circa un'ora fa... Poi un giorno mi dovrai spiegare..." - "Giuramelo su chi ami di più" - "Te lo giuro su mia figlia! Era una promessa..." - "Ok... Ok...Ci si sente... Grazie...".

Agganciai. Rimasi ancora a fissare il soffitto. Dopo un po' sentii rumori provenienti dalla stanza accanto. Rimasi attento in attesa di sentire la voce di mio padre. Un uomo parlava a brevi intervalli ma non riuscii a riconoscere la sua voce. Avvicinai l'orecchio alla parete ma percepii parole in lingua tedesca. Mi sentii perduto. Era come se avessi affidato molte delle mie speranze di sopravvivenza ad una certezza che era crollata. Mi infilai un paio di pantaloni e bussai alla porta accanto. Aprì un uomo moro e rubizzo che mi guardò interrogativo.

"Lei è qui da molto?"

"Una settimana... Perché?"

"È che... È molto strano... Sono quasi sicuro che in questa stanza ci stava mio padre solo due giorni fa..."

"Padre?"

"Sì, un uomo sui settant'anni portati bene... Con una donna... Italiano..."

"Lo escludo." E sorrise prendendomi per una specie di svitato.

"Sicuro? Lo esclude?"

"Sì... Sta perdendo tempo... Chiedo scusa..."

e mi chiuse la porta in faccia. Rimasi nel corridoio a fare congetture ma nessuna portava a nulla. Era importante che io parlassi una volta ancora, una volta sola, con mio padre. Jenny aveva cambiato le carte in tavola ed io non potevo ordinare quel nuovo materiale con i miei soliti occhi. Gli dovevo parlare. Mi affrettai ad andare alla reception e chiesi di fare una ricerca. Furono molto cortesi ma non risultava che negli ultimi due anni avesse alloggiato persona con il mio cognome tranne me. Era l'ora di cena e perciò decisi di andare a mangiare al ristorante dell'Habana Libre. Era uno dei posti in cui l'avevo visto negli ultimi giorni. Mi sedetti al solito tavolo ed ordinai la solita pizza e la solita birra. Il solito schifo. Bisognava attendere. Non c'era scelta. Passarono due ore e via via che si alternavano gruppi di turisti ai tavoli, gradualmente io perdevo quel che restava di una speranza. C'erano delle somiglianze ma me ne facevo ben poco. Guardavo la porta d'ingresso come fosse il bussolotto delle estrazioni del lotto. E non uscivano mai i miei numeri. Niente. Attesi ancora una decina di minuti e poi lasciai quel posto. Gironzolai per quasi un'ora lungo le stradine laterali dell'Habana Libre ed osservai ad uno ad uno tutti i turisti che mi incrociavano. Niente. Allora compresi che potevo andare solo in un posto quella notte. Mi trovai parcheggiato nella solita poltrona del luogo in cui si sospendeva il tempo e ad un prezzo ragionevole: il Cafè Ambos Mundos. Nutrivo ancora qualche speranza di ritrovare là mio padre ma era una speranza flebile che aveva molto a che vedere con l'illusione. Ordinai del rum senza ghiaccio ed attesi. Ma col passare delle ore fu un'attesa sempre meno interessante. Piuttosto la musica stava prendendosi tutta la scena e quando quella donna celestiale proruppe in uno struggente bolero, la mia testa era già molto lontana da un'attesa. Osservai con intensità gli occhi di una dea seduta dalle parti del piano e di tutta risposta ricevetti un sorriso. Non è mai cosa scontata un sorriso. Provai un certo gusto per quello che stava succedendo. Come in ogni luogo in cui si sospende il tempo, gli occhi di una donna diventano immensi e la loro promessa assoluta e le loro labbra la fine di un viaggio. Invitai quell'essere a sedersi al mio tavolo e trovai fondamentale sapere chi fosse e cosa fosse successo il giorno in cui vennero al mondo le sue labbra. Si chiamava Anabèl. Gradualmente tornarono fotogrammi di memoria. Prima minuscoli, poi, pian piano, intere sequenze di un recente passato. E allora mio padre era morto. Era morto proprio un anno prima e venivano a galla centinaia di immagini così assurdamente vere. La sua faccia deformata dalla malattia, il suo pessimismo e la perdita graduale delle facoltà. Poi quell'ultimo saluto che mi aveva dato con la mano un paio di giorni prima che morisse. Era una sequenza completa, quasi un copione, che però stranamente non fu seguito da una coda di tristezza. Erano le cose nelle cose. La morte nella morte. Quello che c'era e che passava il convento. E allora mi sembrò tanto assurda quell'attesa, quella frenetica ricerca, al punto che per poco non ne parlai ad Anabèl come una storiella frivola, solo per riderci un po' sopra.

Molte cose avevano attraversato quelle mie giornate ed

era molto romantico, quasi rinascimentale, pensare che mi avrebbero insegnato qualcosa. Preferivo guardarle con amore e sfuggire alla tentazione di assegnare nomi.

Quando mi trovai davanti al portone di legno pregiatissimo che definiva con austerità la proprietà del generale, io in realtà non mi reggevo in piedi. Venivo da cinque giorni difficili che mi avevano lasciato rintronato come un pugile che aveva raggiunto il quindicesimo round. Ottimo risultato, ma ci voleva una vita intera per tornare ad essere una persona normale. In più una doppia sovrapposizione di fusi orari mi aveva dato l'ultimo sgambetto, un colpo a tradimento nel basso ventre che faceva male e non passava in un attimo. Avevo ancora nel naso l'odore nauseabondo dello scalo aeroportuale e nei vestiti lo strano aroma che ti lascia Ciudad Habana che fino alla morte non sai se sia roba buona o una specie di gas velenoso. Non era il momento dell'etichetta e delle apparenze. Per me non era mai quel momento. Suonai e venne ad aprirmi il generale in persona. I suoi occhi avevano cinque giorni di speranza in meno e la cosa si leggeva chiaramente. Mi diede un abbraccio virile come fossi stato un intrepido che aveva fatto saltare un ponte nemico.

"Ecco a lei..." E senza fronzoli gli misi in mano la boccetta. Lui la osservò per qualche secondo e poi mi guardò spaesato: "E come va assunta?" - "Credo per bocca... Domandi al suo medico... Io non so nulla... Sua moglie come sta?" Mi fissò ancora più spaesato di prima. "Che le devo dire... Non lo sa nessuno... Soltanto lei... Ma non dice niente..." - "Ok, avrà da fare immagino... Spero di esserle servito a qualcosa... Mi faccia sapere..." - "Grazie Alessandro... Le farò sapere...".

Un'altra volta in strada sollevai il collo della giacca. Il cambio di clima mi stava devastando e già sentivo le tonsille pulsare come sapevano fare solo nelle occasioni importanti. Era come un equilibrio che si era chiuso, una simmetria delle cose. Potevo esserne soddisfatto. Quello che dipendeva da me era stato portato a termine e compresi come doveva sentirsi un soldato che compie un incarico. Dormiva bene, tutto sommato. Era un compito minimo. Un compito. Poco altro. Nelle settimane successive mi tornò spesso alla mente Jenny e la sorpresi dormire nei miei sogni più innocenti. Renè mi chiamò circa un mese dopo per dirmi che era morta. Sentii un dolore violento e la voglia di piangere.

"Tutto ok?" - "Sì Renè, tutto ok..." - "Sicuro?" - "Certo... Sicuro... E dei figli che mi dici?" - "Non ti preoccupare... Stanno bene e non è affar tuo..."

- "Non è affar mio" - "Esatto" - "Non è affar mio" - "Bravo, così..."

-"A presto..." - "Ok... A presto..."

Quel giorno andai in enoteca e comprai tre bottiglie di Chianti di altissimo livello. Me le scolai da solo ricordando ogni attimo di quell'incontro. Non c'era bisogno di decenni di vita per far felice una donna. Già. Bastava anche solo una notte. Mi veniva da piangere ma pensai al sorriso meraviglioso che Jenny mi regalò in quella notte di tregua. Non c'era da piangere. La vita andava così. Giorni dopo mi dissero che la moglie del generale stava meglio. Non era guarita ma stava meglio. Volevano farmi un enorme regalo ma rifiutai. Le cose andavano così, nel bene e nel male. E io avrei fatto meglio a raccogliere i fogli bianchi che svolazzavano nella mia stanza ed iniziare a scriverne.

AL PARCO IN UNA MATTINA DI MARZO

Il Batido (frullato) di Mamey

Un frullato di un frutto che rinuncio a descrivere. Tanto non si trova facilmente. Va bene, lo descrivo ugualmente: sembra un pallone da rugby morbido. Lo apri e trovi un seme come un pallone da rugby ma più duro. Ha una polpa rossa e grassa che, mangiata così, alza il diabete fino a farti cadere le dita dei piedi come lacrime. Metti la giusta dose di latte e ghiaccio e diventa una poesia. Sa di frutta sull'orlo di un burrone, poco prima di marcire, poco dopo la perdita della sua innocenza. Non so se è importante in senso universale quello che scrivo ma per me lo è. Mi ricorda giornate di tanti anni fa. Pomeriggi pieni di sole e fame di tutto.

E corse in bicicletta quando il caldo era un problema di altri e un amore che rideva e la scoperta di un mondo piccolo come fosse tutto il mondo. E poi lo era. Ma tutto questo lo avremmo scoperto dopo, dolorosamente. Bevendo ancora quel batido de Mamey ma senza sentire più quella musica che lo seguiva.

Mi trovavo a camminare lungo calle 15 nel Vedado in una mattina di quelle che ti fanno dire che il mondo dovrebbe essere congelato così, nella luce di quella mattina, in una città dolorante e silenziosa per la morte di Chavez. Era lutto nazionale e anche la gente sui marciapiede sembrava essere invasa da un'onda di compostezza e di pudore. Tutto sommato la solita gente, le solite facce, rughe e acciacchi di una guerra mai finita, di una trincea mai abbandonata. Ciondolavamo godendo tutti quanti di una resa incondizionata ad un sole dolcissimo, alla pigrizia di un passo dopo l'altro, al non avere in fondo, nessuno, nulla di così importante da portare a termine nella mattinata e nella vita. In fondo.

Mi sedevo su una panchina in ombra nel parco. Spiavo le ombre di vecchie carcasse che facevano capolino dagli edifici di fronte. Uomini in mutande, vecchie donne in quelle che si sarebbero ostinate a chiamare sottovesti, o vestaglie, chissà. C'era qualcosa di così vero che emergeva potente da quello scenario che non riuscivo a cogliere. C'era. Ma come un sottotesto evidente nelle ruminazioni di uno stupido, non veniva fuori altro che la registrazione di eventi minuscoli. Le donne anziane, l'ombra leggera delle foglie sull'erba, il vecchio che portava a spasso un bassotto in sovrappeso, quel piccolo dolore che mi pulsava all'altezza del cuore e che mi faceva promettere la solita bugia, di smettere di fumare, di smettere di dare retta a me stesso, di smettere di essere un essere imperfetto, irrimediabilmente imperfetto. Forse avrei dovuto portare con me un'aspirina, ma anche forse soltanto un testamento di due righe e chiudere gli occhi su quella panchina, in quella mattina così dolcemente ultima. Ma ci sono luoghi in cui ti viene voglia di aggrapparti alla vita, alla radice di quegli alberi maestosi mentre implori qualcosa o qualcuno due metri sopra alla tua testa perché non ti lasci cadere giù. Quando poi, un respiro alla volta, tornavo ad una vaga normalità, cercavo ancora quell'allegato nascosto, di emozioni, ma anche soltanto di umori minimi, dietro ai pensieri che cadevano come grandine nella mia testa. Non saprei come dire: la sensazione di essere nella fase di ritorno di un giro di boa, dove il freddo non è poi così freddo e neanche soltanto la paura del freddo, e dove il caldo ha già reso la sua anima a dio e rimane un trucco scoperto, un trucco per prestigiatori di terza serie. Avevo di nuovo le mani nella pasta morbida della mia esistenza ma mi sembrava questione di altri, al massimo un fenomeno marginale buono per i maniaci dei dettagli. Anche le donne, viste da quella panchina così terrena ma così panoramica, quando chiudevi gli occhi, che sembrava un balcone sull'Himalaya, anche le donne, dicevo, passavano come l'effetto placebo per un malato terminale. Non era quello, mi ripetevo, non era quello che ti poteva salvare, ma nonostante una verità ripetuta cento volte per cento anni, continuavo ad invecchiarmi respirando il profumo che lasciavano dietro quando mi passavano accanto. Perdersi in questa realtà. Perdersi perché lo smarrimento sembra essere l'unica via che conosco. Questo non avere casa, ma ricoveri occasionali, ma anche panchine in ombra nei parchi, ma anche letti che ti spezzano la schiena e schiene a cui dichiarare un amore infinito e poi, la mattina dopo, vestiti raccolti in fretta e porte, tante porte chiuse scappando da mondi che vorrebbero concederti la solita, ultima occasione, e poi di nuovo quella strana dimensione dei tuoi pensieri che vorresti censurarti ma c'è, quella che ti inventa una prospettiva, un futuro inesauribile, una meta, un percorso. Pensavo su quella panchina che esistono cose migliori, qualitativamente migliori. E che le conosco. E che conoscerle rende tutto fuori dalla grazia di dio, fuori dall'innocenza. Che una porta sbattuta ed una schiena morbida perdono ogni tipo di luce, ogni poesia, come quei panorami che osservati da ogni lato restano cose, una accanto all'altra, senza parole. Mi domandavo se sarei potuto essere qualcosa di più di quella brillantezza da seconda serata, di quella specie di malumore contagioso che aggancia gli occhi di una donna pagando il prezzo di un tempo gettato. Che quando parli di giorni, di settimane e di anni mette paura, ma se lo riduci in minuti, pensi sia giusto concederli a chiunque tranne che a te stesso. Se poi frazioni la vita in poetici istanti, ti perdi in quest'infinita prova generale e ciondoli a cavallo del tempo credendoti protagonista di un'opera a cui l'autore ha dimenticato di dare il titolo.

Mi alzavo da quella panchina senza avere per lei una valida alternativa. Comunque mi alzavo. Passi lenti fino a chissà dove. Contando la numerazione delle strade come un passatempo. Incrociavo, in ordine di apparizione: infermiere, due studentesse, un postino, un cane che si grattava. Eravamo là, in questa mattinata sospesa tra i rumori di ieri e quelli di domani, in quella fetta di terra, in quella fetta di universo dove le cose senza il cuore sono soltanto spazio freddo e tempo lineare e poi sole che riscalda appena lasciando negli occhi chiusi un ricordo vago di quello che sarebbe potuto essere.

INDICE

Finito di stampare nel mese di Aprile 2014
per conto di Ouverture Edizioni